一间辽阔的教室

周春梅 著

中国人民大学出版社
·北京·

图书在版编目（CIP）数据

一间辽阔的教室 / 周春梅著. —北京：中国人民大学出版社，2016.7
ISBN 978-7-300-23199-0

Ⅰ.①一… Ⅱ.①周… Ⅲ.①随笔—作品集—中国—当代 Ⅳ.①I267.1

中国版本图书馆CIP数据核字（2016）第183137号

一间辽阔的教室
周春梅 著
Yi Jian Liaokuo de Jiaoshi

出版发行	中国人民大学出版社		
社　　址	北京中关村大街31号	邮政编码	100080
电　　话	010-62511242（总编室）		010-62511770（质管部）
	010-82501766（邮购部）		010-62514148（门市部）
	010-62515195（发行公司）		010-62515275（盗版举报）
网　　址	http://www.crup.com.cn		
经　　销	新华书店		
印　　刷	北京华宇信诺印刷有限公司		
开　　本	168 mm × 239 mm　16开本	版　　次	2016年8月第1版
印　　张	15　插页1	印　　次	2021年5月第8次印刷
字　　数	200 000	定　　价	38.00元

目录
CONTENTS

辑二 红色的蛇在飞翔

辑三 教室，应当是辽阔的

辑五　读着读着，天就亮了……

辑六　因为阅读，我感激并热爱自己的命运

|序|　在辽阔的教室

有一回，无意中看到周春梅老师的笔记，她写道：“光能照进来，风能吹进来，我在一间辽阔的教室……”我觉得是诗，长期在高中教学，还有梦，真好。周老师说过，教室虽然有些拥挤，然而立在讲台边，上着上着，就舒展了，从学生的眼光中，仿佛能看到辽阔的地平线。现在，周老师用“一间辽阔的教室”为书名，我得以读到她的教室，也了解了她一些思想言论的来龙去脉。

课堂能引发无尽的想象，思绪会飞往遥远的未来，当学生回望童年、少年和青春的教室，辽阔的空间尽是梦和诗。做教师的确累，如果没有梦，会更累。教室里站着个无梦的老师，有梦的学生就会觉得教室局促狭小，久之便会走出去一群无梦的学生。在小学和中学，学生如果能遇上几位学养高、有境界的启蒙之师，则非常幸运，因为此后未必再能遇到。周春梅是受学生敬重的教师，很多学生毕业后仍然怀念她那“有光”的课堂，把师从于她作为美好的青春记忆。

认识周春梅的老师，会从她简朴的生活中发现她的“考究”。她很在意教学品质，不管环境如何变化，始终保持初心，追求最好的教学状态。我常劝慰同事，课堂永远会有遗憾，教师的知识和能力是有限的，这节没上好，以后的日子长着呢。周老师不太认同我的观点。她认为每一节课都是“唯一的”，时过境迁则难以弥补，故而她在意每一节课、每一个环节，她要让每一节课都不留遗憾。她的教学有精神高度，取法乎上，同时，细微之处，都深思熟虑，唯恐学生理解错误。

曾有人感慨，周春梅像是天生要来做教师的。在物欲横流的时代，面对种种诱惑，教师要保持职业精神，往往会付出代价，至少要经受些苦痛。周老师认为“淡泊”不难，保持平常心也不难，放弃一些东西，就能开拓无限的空间；只要有书读，只要学生愿意多读书，作为教师就该知足了。周老师安静地读书、思考，有一个辽阔的心境，置身于讲台边，学生也就通过她的姿态，发现教室上方有灿烂的星空，四壁消失，辽阔的世界出现在面前。

同事多年，有时我觉得不是很了解她，因为她不停地读书，始终保持独立思考。她读的书，远远超出专业需要，视野与经验，逐步渗透于教学，初步形成了自己的风格。这也许正是她的教学优势，作为带领学生的读书人，能在更广阔的层面带领学生追求为精神生命的阅读。我听闻一些毕业生对她的评价，深感“课堂”对学生一生影响之深远。

周老师认为，对学生的爱，在于让他们正确认识“教育”，懂得“自立”；同样，她主张和谐、理性的师生关系，使“吾爱吾师，吾更爱真理”成为理想境界。她对学生的爱比较理性，这样的表达固然有性格因素，她的出发点可能更多地考虑学生的未来，引导学生在发现生命价值、感受美的同时，成为思想者。

在一间辽阔的教室里，学生开始了真正的学习，他们沉浸于想象和探索中，徜徉于惊奇和思考中，不把学习看成一段距离的“赛跑”，当然也就无所谓“起跑线”，学习也就没有“终点”。教师能让学生在课堂上明白，学校之外还有更大的学校，走出教室之后处处都有课堂，学习仍在继续，人生不会下课，是谓教育境界。

教师的工作平凡，对这一职业的价值、意义，从业者会有各种各样的表达，自然也会有各种各样的职业态度。在未来，人们可能会从社会的进步中，想到在一个追逐浮名和金钱的时代，曾有一批教师以深沉、朴素的姿态站立在讲台，把学生的目光引向灿烂的星空。

读周春梅老师的书，我感到自己仍然在教室里。

吴 非

2016年4月 南京

辑　一

温暖的橙色

1. 我们的故事

监考时只能呆坐，我常常仔细观察学生，浮想联翩。

这个纤秀的小姑娘坐得端端正正，嘴角还带着一丝微笑。她一向温和沉静，老师和同学都喜欢她。她曾说自己没有什么宏伟抱负，将来就想当一个好妻子、好母亲，把家人照顾好。我想象她人到中年、牵着孩子散步的模样，那画面一定很美。

这个脾气急躁的男孩被一道题难住了，拿一个笔帽在脑袋上使劲地揉——不疼吗？我知道他特别喜欢化学，说起化学的奇妙，他的眼光明亮而热烈，那种少年才有的热情，真让我感动。他会成为一个出色的化学家吗？那已经不重要，探索中的愉快本身已是最大的回报。

这个女孩敏感而富有艺术气质，跳舞和画画都很棒，从作文中可看到她超常的想象力与高雅的审美情趣。父母却希望她能放弃这些爱好，专心学习，特别要在理科上多花时间。我鼓励她珍惜自己的天赋，尝试与父母深谈一次，说出自己真实的想法。此刻，她紧锁眉头，左手紧紧攥住一张纸巾，显然这份试卷对她来说有些难了。她能说服父母，走上适合自己的那条路吗？

这个少年很少说话，可是愿意写长长的随笔——他把要说的话都写下来了吧？那些文字充分展示出生活的美与趣，只有热爱生活的人，才能有那样的观察与描述。他也常毫不掩饰地描述自己的内心，我觉得他是把自己燃烧在其中了。这一刻，考场上的他表情平静无波，甚至有些呆板，谁能想到他的内心竟是那么丰富而激情涌动！他会将这种写作的热情延续到将来吗？

我一直以为考场上只有我沉迷于此类想象，没想到学生偶尔也会走神。一位学生在随笔中写他在某场考试的间隙，注意到老师靠在教室的门框上，时而看着远处，时而低头凝思，在这样的凝望中，他体会到课文《女歌手》中那位俄罗斯姑娘的神韵，“她等待得如此漫长，而且如此耐心”。阳光弥漫开来，美好明亮，又充满忧伤的气息，他忍不住想象，老师在想些什么，又在等待什么？

在少年的眼里，性格各异的老师们都是“有故事的人”吧。他们会展开想象，所勾勒的故事之丰富与美妙，远远超出了我们的想象。曾有一位少女这样想象老师的过去与自己的未来，在其间建立起奇妙的联系：

我开始想象，她像我这样年纪的时候，会不会端端正正地坐在靠窗的桌旁，专注地听着黑板上的嘀嘀嗒嗒；听得高兴的时候，秀气的脸上，会不会也泛上这样一抹淡淡的阳光。

然后，我在我每天的生活里寻找她的曾经。她有没有学唱好听的流行歌曲？有没有逗伤心的室友开心？有没有觉得今天有点不同，因为阳光真好？有没有做数学做到想扔笔，想耍赖，怪题目难？有没有偷偷地盯着喜欢的老师的一双可爱的手套，发了好久的呆？

未来会不会有一个小小的女孩，猜着我的曾经，发着呆？

每次，看见她认认真真地打开书，给我们念的时候，在她专注的眼睛里、嘴角边，就会有一丝稚气轻轻泛上来。

于是我想，她也曾像我一样，是一个小小的女孩。

当年读到这段文字，我忍不住跟着她想象，未来会不会真有一个小小的女孩，猜着她的曾经，发着呆？多年过去，她在工作和生活中遇到这样的小小女孩了吗？她还爱发呆和遐想吗？近日偶然间读到她的一首小诗：

周一的时候看到一树飘摇的樱花。

春天来了。

放风筝，发呆。

暖暖的空气里有过去与未来。

诗意依旧，有俳句的情韵。此处的“过去与未来”里，包含着过去的那些想象吗？

我有时会忍不住把这些美好的故事告诉后来的学生。有意思的是，一个女孩这样批评我：“我想象，在未来的某一天，你也会这样站着，对着一脸稚气的学生，说我，念我写过的文字，用简短的‘后来’说尽我的一生，底下的同学们或是唏嘘或是惊愕，而你只是莞尔一笑，说，毕业后，你就再没见过那个同学。我是一个被别人聆听的故事，我感受到在远方正被一群少年聆听，而我在另一个远方继续着你还不知道的我的故事。”

我的确没再见过这个女生，对她如今的生活也一无所知。但正如她所说，她在继续着我所不知道的故事，体验自己热烈而鲜活的生命存在，这些体验是不能用“后来”浓缩甚至省略的——这才是最重要的。而我所知道的是，我的故事里将始终有他们：如此丰富的、具有无限可能的他们，构成了我的丰富的、具有无限可能的故事——我们的故事，为此，我感激命运。

2．传递

霜降之夜，寒意已浓。正准备关掉电脑休息，来了一封邮件。是以前的学生琪写来的，信很短：“周老师，这是国庆期间发生的事，敏和青都说应该记下来。我们都觉得这是个温暖的故事，想把它传递给你，感谢你给予我们很多的温暖。”

我曾想转述或摘录这个故事，但琪的叙述太美好，我不忍删减。下面就是这个故事。

国庆时，我和阿迷去武夷山。火车票是零点二十三分的，但我们晚上九点多就到了。火车站里人很多，坐在我左边的是一个很清秀的男孩，大概二十出头。他独自坐着，穿一件单薄的上衣，脚边放着一个很大的拉杆行李箱。阿迷去上厕所的时候，这个男孩忽然碰了一下我的肩膀。我被他吓了一跳，猛一转头。他有点害羞，支支吾吾地跟我说了一些话。他说刚收到一个女孩的短信，我猜他可能一直喜欢这个女孩。短信是这样的：“等车时，拿件厚点的衣服披在身上，当心着凉。如果你一个人觉得无聊，可以给我发短信或打电话，我的手机彻夜都会开着的。”

他可能觉得自己嘴拙，无法用恰当的词句向女孩表述心情，所以就问我该如何回复。我也不知道该如何回复，因为我没有遇见过这样的事情，而且我也被这个女孩感动了，脑子一直处于空白状态。但我又无法拒绝他，于是我对他说：“你就把自己内心深处真实的感受告诉她，告诉她你很感动。”

那个男孩谢过我后，就转过头去独自对着短信，过很久才写下一段话，然后又删掉。等火车进站，我们收拾好东西准备离开的时候，男孩还在低着头对着手机绞尽脑汁。从读到那则短信开始，我内心就充盈着一种很奇妙的情感，因为他们。我觉得我必须做点什么。于是，我走上前去，对他说我们要走了，要加油呐。

他抬起头，那一直处于纠结状态的五官舒展开来，对我笑了。

当时我心里默想："谢谢你们，你们一定要幸福。"

后来我就没有再见过那个男孩了。

我一度想，如果哪一天我被生活里那头叫绝望的野兽追逐，被生命的巨大的空洞包裹住，那么就去火车站吧。在深夜的火车站，坐在那儿看周遭的人。在那儿，每一碗泡面升腾的热气后面，都有一个丰富的灵魂。我可以坐在那儿看他们来来往往，说不定可以偶遇他们的故事，像偶遇那个男孩的故事一样。这些故事会告诉我，生活没有那么艰难。这样，我会有勇气说服自己，再试着努力地活一次。

读完故事，我静静地坐了很久。

那天早晨，我所在的城市，一个 17 岁的少年从教学楼 6 楼纵身跃下。当时正是课间操时间，许多少年目睹了这一惨剧，我相信留在他们心上的，不会只是"淡红的血色和微漠的悲哀"。而校方随即宣布该生自杀与学业无关。那两天，正带着学生一起读《记念刘和珍君》，我再次深切地体会到"出离愤怒"与"浓黑的悲凉"。

如果那天早晨，有人告诉这位少年这样一个故事，并且对他说，生活没有那么艰难，试着说服自己，再努力地活一次，他会不会有不同的选择？

我不知道。我的同事说，如果他的决定不是一时形成的，也就不会因一事而改变。那么，如果有人持续地向他传递美好和温暖呢？教育某种意义上说不正是一种正向的传递吗？像花朵一样美好，也像花朵一样易折的少年，因此而获得生的勇气，找到生的意义。可作为教师，作为父母，我们究竟在传递什么？

长久形成的伤害，不会因一个故事而改变；但至少，生命中可以多积蓄一份对抗伤害的力量。我相信，听过这个故事的人，会对生命多些留恋，多些期待——未来有那么美好的故事在等待我们。

第二天早读时，我给学生读了这个故事。第三天下午，我给文学社的学生读了这个故事。在放学回家的公共汽车上，文学社的一位学生向几位好友讲述这个故事，有些细节记不清了，请正好同车的我再讲一遍。于是，在摇摇晃晃的公共汽车上，在其他乘客的注视中，我完成了一次温暖的传递。

在那天的车上，会不会有乘客也被这个故事打动，将它传递下去？因琪和我的文字而与这个故事偶遇的你，也愿意成为这温暖的传递中的一环吗？

3. 一束火苗

周末，接到一位同事的电话。这位同事已退休多年，我刚工作时，曾和她同在一个大办公室有一两年的时间。但由于不在同一个年级，年龄也相差甚远，交流并不多。接到她的电话，颇有些意外。

她说要请我吃一次饭，并解释说，2012 年她曾昏迷数小时，经历了一次生死考验。抢救过来后，她就决定做两件事：第一件是向帮助过她的人表达感激；第二件是与挂念的一些老学生陆续见个面。我属于帮助过她的人，她要郑重地道谢。

所谓我帮助她的事，她不提，我都忘了。其实是一件很小的事。家人生病，她听说了一个民间偏方，需要一副铜碗筷。如今的城市，哪里能找到铜匠这类手工艺人？她很犯愁。我托爸爸在老家的乡间找铜匠打了一副铜碗筷，带给她，她非常高兴。事情已过去十多年，我早已忘记，没想到这件事竟然还一直留在她的心底。

刚工作时，接触到许多长者，这位同事是很特别的一位。她没有中年人的圆转世故，倒颇有些年轻人的率直：对人对事，态度鲜明，不掩饰，也不怕得罪人；好读书，能静也能动，常独自远游，深谙“世之奇伟、瑰怪、非常之观，常在于险远”;对晚辈，并不刻意表现亲切和关怀，随性而为，喜欢的就多说说话，没有感觉的，就“不啰唆”。她说以前不了解我，这几年陆续读到我的一些文章，很喜欢我的学生视角与叙事风格，才有了“同道中人”的感觉。

我喜欢她的真诚，愉快地接受了邀请。又听她说起不久前与 40 年前的老学生见面的细节。“文革”中，她到农村插队，后在乡里任教，身兼数职，教语文，也教数学和英语；教中学，也教小学的音体美。在当年的条件下，她顶着压力，自学英语，再教给学生；与学生共读《红楼梦》《简·爱》《牛虻》等作品，在学生的心田播下文学的种子；从城里买回排球，教学生玩，让那些乡里的孩子第一次接触到了排球；清早带学生跑步，当地村民视之为“神经病”。学生敬重她，喜欢她，时隔多年，依然记得这位为他们“带来文明”的老师，特意将她接回，欢聚畅谈。这大概就是一个教师“最幸福的时光”，她这样感慨。

做事时，只想着对人好，把事做好，只管耕耘，不问收获，更不求回报。而受他人之恩，则一直放在心上，有机会就要回报。这样的品德，当属“温良恭俭让”之类的传统美德，经当年的革命改造与今日之“娱乐至死”，在她身上却未有减损。在学生、亲友、同事的心间，她传递正直、善良，并坚守这些“正能量”。

日本作家新美南吉的童话《一束火苗》中，一个卖灯笼和蜡烛的孩子替一个牛倌点亮了灯笼，想象着：“我点亮的火，会到什么地方去呢？”牛倌会把火传给过路的人，过路人再传给拿着锣和鼓的山里人，让他们在火光里寻找丢失了的孩子……很久以后，孩子还忘不了自己当初点燃的那束火苗，想象着它已经传到很远的地方去了。

善与爱，正如这一束火苗，传到远方，传向未来。

4. 温暖的橙色

整理书橱时，翻出一个素白的笔记本。打开，从扉页开始，有好几页用温暖的橙色写下了工整而大气的字迹。一个女孩清秀的脸，忧郁中带着几分坚毅的神情，随着这些文字，渐渐清晰起来。

想起这个女孩，我总有几分内疚。高二时，她的父亲因病过世，她陷入长久的悲伤与沉默，写作成了她怀念父亲的最好方式。那些朴素深挚的文字，使我甚至不知道什么样的评语才配得上它们——评论语言与技巧，不啻一种亵渎；安慰的话我也不擅长说，最深切的悲哀，没有什么语言可以安慰。时隔多年，最后我究竟写了什么已不记得，可能只是告诉她，只要她愿意写，我就愿意读，而且会一直读下去。面对生命中的至痛，这些话显得如此苍白无力。她却并不抱怨我的无能，而是继续她的倾诉。

接着就发生了下面的这件事。有一次作文评讲课，我实在不愿错过女孩的作文，就征求她的意见，能否在班上读她写父亲的作文，她同意了。事后我才想到，她很可能是出于对我的喜欢与尊重，不愿让我为难。读完她的作文，班上一片安静，我看到她把头埋得很低——也许还偷偷地擦去了泪。那一刻我既难过又后悔，但事情已无法挽回，后来我找到一个机会，送给她一双橙色的手套，表达歉意。我永远都忘不了她低着头的那个画面，它提醒我：与保护孩子的心灵相比，一堂成功的课算得了什么！

笔记本上绵延几页的橙色这样结束："老师，我记得您送给我的那双手套如太阳般的温暖。这橙色的字迹，也能带给您温暖吗？如果您愿意，留下这个本子，把温暖留在心里。”

女孩毕业后，我们没有再见过面。有一次，在公共汽车站看到一个女孩很像她，我正好下车，她正好上车，匆匆错过。我想起高中时曾有一个男孩默默守护着她，陪她度过了那段最艰难的时光。不知道他们最后是不是走到了一起，希望她的生命中一直有如太阳般的温暖。

不久前，有学生转给我一段文字，是女孩写在网上的日志，回忆起那节课，她说最后还是控制不住哭了；又回忆起那双手套，说到我的内疚与她的感谢："成人仪式的时候很多家长没有来的同学都把花献给了周老师，包括我。在我眼里，她对我的帮助如同再造了我。”我伤害了她，宽容与善良的她却只记住了老师的帮助。

5．成长的美丽

期中考试刚过。因为是流水批改，我习惯将学生的作文再翻阅一遍，以便评讲。翻到一位学生的作文时，我停留了许久，难过了许久。

这是一个我很喜欢的女孩。她上课很认真，我许久以前讲过的东西她仍记着。她坐在教室前面，我上课走到后面，回头时总能看见她认真的背影——端正地坐着，凝神倾听，有时会心地点点头。不知道为什么，她的背影让我觉得安心，有这样的背影在，工作再累也会觉得愉快。

她的作文一向写得很好，议论有见识，不乏幽默；叙述时，活泼泼的生活气息扑面而来。我经常反复阅读她的文字，当面表扬却不多。有一次在路上遇见她，告诉她特别喜欢她最近的一次作文，她有点害羞，谢过我，低头匆匆走了。

与同龄的女孩相比，她善感却不多愁，更无小女孩常有的顾影自怜、娇嗔妩媚之态。这或许和她的体型不无关系，她长得偏高偏胖，在爱她的父母和老师眼里，也许不失可爱，但与“漂亮”“玲珑”这类形容词却无缘。我一直以为她有“自己的园地”，不会在意这些，这次的作文却告诉我，事实并非如此简单。

她说自己从小学到初中一直高而瘦，不知道为什么，一上高中，就开始发胖。同桌是个个子小小的男孩，以为“大大的她”必定有颗“大大的心”，因此给她取了个“花花”（班花兼校花）的外号，却没想到她并没有一颗“大大的心”。有一次，教室里只留下她与几个男生，男生互相开玩笑说，谁走得最慢，就和“花花”做朋友。男生们唯恐落后，一溜烟地跑了，留下她一个人，躲到教室后的小盥洗室里，偷偷流了会儿眼泪。走过学校旁的车站，看到那几个男生，她没理睬他们，心里想着：“我没跟他们打招呼，这下扯平了，明天还是正常相处。”

她并没有因此自暴自弃，面对镜子里的自己，她平静地审视优缺点，觉得自己并不丑，耳朵还很好看；吃早饭前的自己比较轻，她会称一称体重，然后吃一顿丰富的早餐；慢慢地，她甚至能坦然面对“花花”这个外号了，同学这样称呼她时，她欣然答应。

作文这样结尾：语文课上，老师曾读过一首题为“保存”的诗，其中有两句：“成长的美丽，被镜子保存。”——这次的作文题正是“镜”。

我记起不久前读这首诗时，说到每个成长的少女都是非常美的——不必按世俗的审美标准去看——这份美丽也许无人欣赏，许多少女就在寂寞中逐渐长大，但她们的美，被镜子保存下来，被岁月珍藏起来。有一次分析小说人物时也曾说起，容貌平凡的女孩，更易得到真爱，因为如果有人喜欢她，那必定是真正欣赏她，而不是贪恋美貌；两颗相爱的心是很美的，这种美与容貌无关。这个敏感而强记的女孩，想必记住了这些话，或许还从这些话里，为自己那颗其实很柔软、易受伤的心找到了一些轻柔的抚慰?

我该为她高兴的，为她的坚强，也为她的大度。她相信同学并无真正的恶意，可能只是出于顽皮和无聊，像童年时捉弄小动物一样，一时兴起，捉弄同学，却不曾想到给别人带来了什么样的伤害。

但我依然坐了很久，难过了很久。

晚上躺在床上，我忽然明白了自己为什么难过：是心疼，心疼她努力用并不“大大的心”，包容他人的过失，藏起自己的忧伤。一颗敏感的心，要忍受多少痛苦，才能做到这样？但我也相信，这样一个善良大度的女孩，终究会拥有一颗真正的“大大的心”。有一天，她会找到懂得欣赏她的男孩，相守一生。

而她成长的美丽，不仅保存在了镜子里，也保存在了这些真挚的文字里，保存在了认真阅读这些文字的我的心里。

6. 一个电话

学生在随笔中告诉我一件事。

周末，他因为数学没考好，情绪非常低落，觉得自己如此不幸，一种麻木和迷茫的情绪，如窗外的春雨般缭绕在房间里。

这时候，他接到一个陌生电话。对方有些口齿不清，好半天，他才听明白是一个小学同学，打电话是为了问一道题。同学把问题讲清楚就很费时费力，他讲解时也要放慢速度，等同学听清并反应过来，跟上他的节奏。这样下来，前前后后可能已有半小时，他难免有些不耐烦，语气里不自觉地流露出来。同学也觉察到了，沉默了一会儿，告诉他前几天去医院查出自己听力有问题，刚才已经打电话找了几个同学，交流都很困难，实在没办法才找他的，很是抱歉。

那一刻的他，感觉很难受，也很惭愧。直到电话里响起“嘟嘟”声，他才木然地挂了电话。他想起小学时，这个同学就没有几个朋友，自己还算一个；上初中后，说得上话的朋友几乎就没有了。打电话前同学一定犹豫了许久，而他，有那么多的时间看书或玩游戏，却对一个学习上有困难的童年伙伴如此不耐烦。他不敢想象同学要付出多少来弥补智力与听力的双重不足；不敢想象，是因为他发现自己几乎帮不了这位同学——或许“几乎”二字可以去掉。

我是读到这里时落泪的。我想象电话那端的那个孩子的困境：父母以外的人，或轻视他，或忽略他；也有心存善意和同情的，却也没有心力长久地帮助他。大家都忙着往前赶，谁有时间、有耐心慢下来等一个落在后面的人？每个人都有自己焦虑、忧愁的事，无论那事大小如何，自己的事永远是最重要的，哪怕只是一场小小的数学考试。那个性格温厚、反应迟钝的孩子，在未来的人生里，还要承受多少伤害？

而电话这端的这个男孩，一向学业优秀，心高气傲，不懂得“困难与悲哀”的滋味，因此才会被一次小小的失败击中。这个电话提醒了他，使他认识到自己的自私，体验到面对残酷命运时的无助与无奈。他终于意识到，向往成功与喜悦，是每个人的本能，但人更应该学习的是如何面对失败与悲哀。他陷入深深的迷惘与痛苦之中，为自己，也为同学……

随笔的最后是一段耐人寻味的独白：“我曾写过许多随笔，抒发过各种想法，但我想我还是不会写作。我能把偶有所感记在纸上，把喜悦、汗水写在纸上，但我没法将一肚子的痛苦与迷茫写下来，将心中可填满一本子的感受记下来。我只能这样语无伦次地倾诉。”

我告诉他，比起他过去那些充满了“成功与喜悦”的励志随笔，这篇随笔的“失败与悲哀”、“语无伦次”中的迷乱，反而深深地打动了我，因为我读到了真诚的悲悯、严肃的反思。对一个少年来说，最重要的是在其中感受，思考，成长，辨明人生的方向；能否转成文字，已在其次。

7. 给孩子一只倾听的耳朵

跟一位学生聊天时，她突然打断我，说："老师，你听我讲，你听我讲！"我没有丝毫不快，停下来，静静地听她讲述。之后她解释说："老师，你知道我为什么喜欢跟你聊天吗？因为你愿意听我说。别的老师可能一分钟后就不耐烦了。"

以色列作家奥兹的自传体小说《爱与黑暗的故事》中，有一个我非常喜欢的人物——杰尔达老师。这位出色的女诗人因为命运的偶然成为一位小学教师。童年时的奥兹热爱幻想，善于辞令，不知疲倦地发表演说，有声的，无声的，对他人，对自己，可是没有听众："整个世界上没有一只耳朵伸出来要听我说话，鲜有例外。"有的似乎在听，其实只是彬彬有礼的"假装"。但杰尔达老师与众不同，且不是像一位心地善良的阿姨，出于怜悯之情，疲倦地把一只经验丰富的耳朵借给一个突然向她劈头盖脸倾诉的孩子。她全神贯注地听他说话，仿佛正在从他这里听到令她惬意、令她好奇的事情。

如今的奥兹，是一位卓有成就的小说家和政治评论家，拥有众多读者，众多听他说话的耳朵。如果当初没有杰尔达老师的那只耳朵，奥兹还会成为一名出色的故事讲述者与政治评论者吗？命运神秘莫测，我们无法做出判断。不过，不少作家都曾回忆其写作史上的关键转折：少年时代遇到一位欣赏他的语文教师，作文被当作范文在班上朗读；孤独的自言自语，第一次被认真倾听，那种幸福难以言喻，成为写作的不竭动力。

多年前，第一届学生高考前夕，我收到了一本文集与一张卡片：

要毕业了，因此搜罗了三年来所有的作文送给您。找得着的，都在这儿了。

也不是特地为您准备的。十八岁生日的前夜，把它们打出来送给自己。这样一个晚上，对高三学生来说，真是奢侈又浪费。然而并不后悔，三年，我对语文学习算不上认真，至少是真诚的吧。

妈妈说我有一股酸腐之气，又说文章拙劣，如何拿得出手！我倒没什么可害羞的：自家的孩子不说丑。每每翻看，心中都很感激。感激您花时间来看这些带着稚气、带着缺陷的文章。

我常常觉得孤单，总觉得我想说的别人不懂。后来降低了要求，只要有人真诚地听我说话就好了。然而，不知不觉中，我连倾诉的对象也没有了。每周一次的作文，便成了我渴求的“说”的机会。小孩子是很悲哀的，他们挚爱的“发现”，大人往往不理不睬。

您知道您对一个“小孩子”的意义吗？您说，我又怎会为这份渴求而羞愧？这是我成长的痕迹，就像一颗掉落的牙齿一样真实啊！

许多年过去，这个“小孩子”找到了倾诉的对象，并成为另一个小孩子的母亲。而我则常把这张卡片翻出来读读，提醒自己，别对孩子的心声“不理不睬”。那心声可能用声音传达，也可能用文字记录，更可能蕴蓄心中，无声而丰富，等待沉静而耐心的听者。

8．最好的礼物

周末，接到一位外地的学生家长的电话，说给我快递了一套护肤品，感谢我对她女儿的照顾和鼓励。

谢过她之后，我告诉她我的原则：不接受家长的礼物与宴请。这位母亲有些尴尬，一再强调不是送礼，说孩子非常喜欢我的课，回家总跟她分享课上的内容。从外地来到这个陌生的班级后，孩子从我这里得到许多鼓励，树立了自信心，很快适应了新环境。她平时不在女儿身边，有我这样一位老师，她很感激，别无他意，请我理解一位母亲的苦心。

我理解这些家长的心情：送一份礼物，表达真诚的谢意，符合人之常情，并不一定有什么功利目的。但作为教师，我有自己的底线。原因非常简单——如果我收了这些礼物，却在课堂上宣讲真善美，面对孩子纯洁的眼睛，我会有负罪感。我珍惜我的课堂，珍惜自己在工作中获得的尊严感，虽然可能因此被视为不近人情，也不愿妥协。

这位母亲有一个很优秀的女儿。她在随笔中记下自己与母亲每天晚上通电话的细节，朴素动人：一个人孤零零在外面忙活了一天之后，特别想把生活中最鲜活美好的部分呈现给电话那边那个最懂她的人，忙一天似乎就是为了这一刻。碰到心里积雨的日子，那个温柔的声音，会让忍了一天的泪水漫溢，她就得吸吸鼻子，然后编个理由说感冒了并应对一连串问题。也有不愉快的争论，距离加深了误解，结局是她“悲愤交加”地放下电话。但躺下后，她会“忽然心里沉沉的睡不踏实”，于是再打开手机，迷迷糊糊地发“晚安”。家的感觉，爱的感觉，最重要的，也许就是这一份“心安”。

学生中有些长于感性，有些擅长议论，她则两者兼具，谈论社会问题，有远超同龄人的见识，客观理性，条分缕析，给我不少启发。读到精彩处，我常常忍不住与同事分享，他们很好奇这是个什么样的女孩。及至见了本人，才发现是个稚气羞涩的小女孩，于是他们又惊诧于其外表与内心的反差。每次阅读她的文字，我都充分体验到“得天下英才而教育之”的愉快。我对她的赞扬，是公正的评价，也希望借此鼓励其他同学向她学习，形成班级良好的学习氛围，并非特意的关照。

我把这些意思向这位母亲一一讲述，说这就是我从她女儿那里获得的最好礼物——让我体会到一个教师的幸福。最后，她理解了我的想法，与我商定退还礼物的办法。

其实，我很愿意与家长多交流，谈谈分数以外的话题，比如，孩子的性格、爱好，生活中的趣事，对未来的憧憬……我希望能从家长那里了解到孩子更多的细节，深入地了解一个个鲜活的生命。如果由此和一些家长成为谈得来的朋友，则是教学之外的另一种收获了。不过说句实话，这样的家长，实在是寥寥无几，这一直是我和不少同事共同的遗憾。

9. 孩子，谢谢你！

因工作需要，我要告别教了两年的一个班，到高中部任教。这是我的第一批学生，而我现在却不能和他们共同走完这一段路，觉得很歉疚。最后一次课，我平静地上完课，用五分钟做了一个简短的告别讲话。我告诉他们我的无奈和歉意："我经验不足，学养有限，两年来，有关心不到或批评不当之处，还有上课让大家不满意之处，向同学们表示诚挚的歉意！"说完我给他们深深地鞠了一个躬。教室里静悄悄的，孩子们都平静地看着我。我怀着伤感的心情告别了我的第一批学生。

大约半年以后，有位老师给我拿来一篇作文，是那个班上的一个女生写的。我看完以后，感动又惭愧。文章的题目是"鞠躬"，文中有这样一段话："应该是我们向她鞠躬的，然而她却向我们深深地鞠了一个躬。就像大地给小草致谢，像蓝天向细雨致歉。我们都不说话，静静地看着那个瘦小而亲切的身影。这是她给我们上的最后一次课。"向他们致意，在我而言，是理所当然的。他们却深深记住了这一躬。

那件事过去之后，我继续平静地教学。虽然现在的学生也很聪明，但有时我会很失落，感到茫然。我常常精心设计一堂课，用心地上，然而同学们似乎没有什么感觉。我觉得可能再也遇不到以前那样贴心的学生了。两三年很快过去，这届学生也毕业了。在他们毕业后，我陆续收到了许多学生的信和贺卡，用很美的语言表达着爱和温暖："我是小鸟，我要飞的，您能看见我的影子吗？哺育之恩永难忘记。""'你'和'您'只差一个'心'字。于是，我用仅有的一颗心表达我所有的尊重和感激。哦，还有祝福。"

我珍惜地把这些信和卡片收好，像藏起一捧温暖。不是虚荣，不是陶醉，而是感动和珍重。我们曾经在课上说了多少话啊。那些话，或许不深，或许不广，但如同潺潺流淌的溪水，流过他们成长的岁月，温柔地浸润他们的心灵。多年以后，或许上课的内容早已遗忘，但老师低头时的微笑，生气时涨红的脸庞，或清脆或沉着甚至略带口音的声音，却宛在眼前，宛在耳边。念及此，我真切地感受到做教师的幸福。上天赐给我们这样的幸运，可以陪伴一群又一群的孩子，走过他们生命中最美好的年华，见证他们的成长，也和他们一起追求心灵的成长、完整，一同追寻永恒的青春与梦想。我们不断成熟，却又永远年轻。

就是在这些温暖的话语和笑容里，我的心渐渐变得坚强起来，同时却似乎也更能感受温柔。亲爱的孩子，请允许我再向你鞠一个躬，真诚地说声“谢谢你”。

10. 雪花飞……

傍晚下起了雪，我披着满身的雪花回到家，浑身冰凉，只想着如何逐散寒气，丝毫没意识到，一个美好的夜晚也从雪开始。

温暖开始于一条并不短的手机短信："老师，下雪了！记得去年那个早晨，窗外飘着雪，你说我们要是像雪花一样飘扬在空中就好了，可以把世界的美丽看得更清楚。当时你正在给我们上课，恰巧讲到'雨雪霏霏'。那美丽的画面深深藏在我们心里，每个下雪日子都会想起，想起你，想起语文课。"

作为教师，多年来在课上说了太多的话，所以往往不记得自己说过些什么，可是学生却能清楚地记在心里。我忘了寒冷，陷入沉思。依稀回忆起上届高三那节课的一些细节。那天早晨有两个同学由于雨雪天气迟到了，有意思的是，一个同学的姓名是"夏雪"，另一个同学的名是"霏霏"。我说，就因为她们的名字，也该原谅她们的迟到。那节课的内容是古代诗词鉴赏复习，我和同学们一起整理了一些关于雪的诗词。

想到这里，又一条短信到了，正是夏雪的。她说，这是今冬的第一场雪，仿佛期待了很久似的，心情很明媚，可以迎接来年的春天了。祝老师快乐！——温暖的祝福就这样一点点地驱散了寒意。

手机短信和电子邮件的便捷，让我们能在下雪时传达像雪花一样纯洁美丽的情谊。毕业了几年的学生来信说，下雪时他们互发短信，回忆和老师一起在语文课上看雪的事。这件事我记得很清楚。那天的雪很大，语文课上，学生都为窗外飞舞的雪花所震撼，我也情不自禁，于是我索性停下来，用几分钟的时间赏雪。——大自然不是每天都有这样美的恩赐，这也是语文啊！那节课上好像还说了王子猷的“雪夜访戴”。在高三，尽情飘舞的雪花带走了很多压抑，留下了宁静和美好。

这样的细节，把教师、学生与语文串联在一起，也串联起很多像“金蔷薇”一样熠熠生辉、弥足珍贵的情感。我还收到过这样的文字：“在大学校园里，看到满园的绿色，于是想到了同样喜欢树的老师，真心祝福你。”“在图书馆看到《小王子》，想起了老师的第一堂课，想起了‘玫瑰花’和‘驯养’；看到《顾准文集》，想起了老师谈起顾准时的愤激和沉郁，也提醒自己，不要辜负老师的期望，做一个正直的人，做一个诚实的人。”

和其他学科相比，语文课有更多和学生心灵的沟通，因此往往也更深地留在了学生的记忆里。而这种深刻的心灵沟通和精神联系，在现实世界里，往往可遇而不可求。能够和一群单纯热忱的孩子，在一个相对独立的空间里，“奇文共欣赏，疑义相与析”，度过有意义的岁月，夫复何求！

感受了这些话语的温暖，我会更加珍惜我的课堂，把它营造成一个美好而丰富的小世界。而这个小世界连接着的，是一个大世界的辽阔与自由，思接千载，视通万里。

11. 只有你们知道

作为教师，我常羡慕那些富有生活情趣的同事。他们与学生一起远足或爬山，欣赏风景，强健体魄；他们热爱美食，把学生约到家里，一起动手，一起品味……不知不觉，心就靠近了。我也羡慕能和学生谈天说地、打成一片的同事。课间休息，我常独坐静一静气，为下节课做好准备，很少主动找学生聊天。毕业的学生回来看我，我问完他们的近况之后，常尴尬地不知道说什么好。有学生善意地说我不会“拉家常”，我曾很为此苦恼，但至今也没学会。

年龄渐长，我渐渐学会（也许是只好）接受自己的不足，也慢慢找到了自己和学生沟通的方式——文字。

学生的作文和随笔，尽管也有应付之作，但大部分还是“我手写我心”，我会认真阅读和回应。这些流露真性情的文字，常让我读到学生柔软深沉的内心，读到他们或活泼或沉静的外表之下的另一面。而这另一面往往是同学、其他学科的教师甚至家长也不了解的。

有了这样的了解作为基础，他们往往对我生出让我愧不敢当的信任，在课余或毕业之后，继续用文字向我倾诉心事，也表达思念与祝福。过去是纸质的信，现在则是短信或邮件。——形式在变，内核却是一样的。这也让我相信，科技的进步会改变许多东西，但有些关乎本质的情感，却一如从前。

暑假，我收到一份班刊。这个班级因高一升高二分科而拆开，临别之际，他们编了一份班刊作为纪念，班级的所有老师和学生人手一册。班刊的最后，有一位学生整理了八十多条“周春梅老师语录”。教师节时，她又发来祝福邮件，并附上一首名为“只有我们知道”的长诗。

我这样给她回信：

读到你们的班刊上那长长的“周春梅老师语录”时，我非常感动。我在课堂上说过那么多的话，不少自己也已经遗忘，你却一一用心记录，也为我的生命留下了“证据”。“只有你们知道”，甚至我自己也不知道。

长诗中，有一个句子让我几乎落泪：“家长不知道的，校长不知道的，甚至您的家人也不知道的／一个教书人的孤独与伟岸。”

不过“伟岸”这个词太“伟岸”了。可能是你的真实感受，你从老师们的坚持里感受到了“强大”与“伟岸”。但我还是会把它改成“坚守”(是芦苇式的“苇岸”)，更隐忍，更谦卑，也更持久。像我这样的老师，敏感，脆弱，忧伤，但还是要艰难地生活下去，工作下去，还希望工作能有些价值，多给学生一些爱护与陪伴，文学的，人生的，从而使自己微不足道的生命也多些重量。我的父母可能并不了解我的这些心事，而你们，也许只要一两个星期，甚至从课上的只言片语、一个神情中，就可以用雪亮的眼睛和清澈的心灵，读懂我的心。所以，这个职业是幸福而神圣的。感谢命运。谢谢你们。

下面是这个教师节我收到的另一封邮件：

又是一年9月10号，想把金子美铃的《笑》送给您。它让我想到了您的微笑，一想起来，就感觉特别幸福。但读您的文字，我知道您从来只是把痛苦、阴霾都藏起来，在学生面前展现晴朗的一面。我愿它能驱散一些乌云就好了。

它是美丽的蔷薇色，
它比罂粟籽还细小，
当它散落地上时，
就像焰火噼啪绽放，

开出大朵的花儿。

就像眼泪簌簌滑落，
如果微笑也会这样落下来，
会是多么多么美啊。

蔷薇色（バラ色）是明亮而柔和的浅红，如同朝霞的色彩，日语中用“バラ色の人生”来形容充满希望、喜悦、幸福的状态。愿您时常能有那样真正幸福、喜悦的状态，永远保有那么那么美的、蔷薇色的笑！

我这样给她回信：

谢谢你的记挂与祝福。我也希望你们都能有“蔷薇色的笑容”。

我正试图多从生活中寻找“蔷薇色”的正能量。比如此刻，我家前面的幼儿园里，孩子们玻璃般脆亮的童声如此明亮欢乐。后面楼里有一位老太太，瘦小洁净如我的祖母，慈祥如童话里的老太太，也很像法国电影《与玛格丽特共度的午后》中的那位老太太，只是没有那么精致和书卷气，更朴素和家常。只要是晴天，她总在洗洗晒晒。那些衣物，总是晾得整整齐齐。老式的蓝底大花床单，让人想起童年，想起“从前慢”。怕床单下端扬起吹到墙上弄脏，两边各用一个夹子夹住，老太太也要对称地夹得横平竖直。消沉时，想到这个世界上还有人这样认真、洁净、美好地活着，就觉得该坚持下去。

如今，学生渐渐接受了我的不会“拉家常”。当我坦陈自己不会聊天时，他们会说：“放心，老师，我们会找话题！”甚至有学生也喜欢上了文字这种特殊的交流方式，回母校，远远地看一看老师，然后写一封信：

我回学校的目的真是很单纯，在学校里走走，见见您和保老师。真幸运，这些目的都达到了。在走廊里走着走着，突然看见正在上课的老师，依旧穿裙子，依旧站在教室的左边前排，那一瞬间，包含了所有意义。有时候我觉得大家围一桌吃顿饭穷聊一晚上，也不如这样隔窗看一眼有用——谁记得那些不痛不痒的谈话，友情在见面的一刹那就该释放出来了。

每个教师都是不一样的，正如每个孩子都不一样。我们不会以同样的标准去“修剪”孩子，其实也不必主观预设相同的标准来苛求自己。真诚地对待、尽心尽力地爱护学生就好，至于用什么方式，每位教师有自己的学科背景、个性和生活方式，不必强求一致，学生正好可借此了解“人”的丰富、世界的丰富。更不必违背本性，过于勉强，因为勉强往往不能持久，学生对这种“勉强”也有一种天生的敏感，往往能一眼识破，而我们还不自知。也不必掩饰自己的失败和阴郁，强装“阳光”，因为我们失败的经验，正可供他们借鉴；我们的阴郁，正提醒着他们应当努力“向着明亮那方”。

12．记不记得我，一点也不重要

教师节的前一晚上，我在学校值班，改学生的随笔。

高一升高二，学生因分科而重组班级。开学伊始，学生和老师彼此都在适应中。有些学生很怀念原来的班级和老师，在新的集体中还未能找到归属感。

手上的这篇随笔中，学生表达了对我的同事张小兵老师的依恋。他盛赞小兵老师的课自由而厚重；老师性情之敦厚和书法之美一样让他叹服；他没想到这段师生的缘分只有一年，后悔自己没有更认真地学语文；他感叹故事已经结束，流露出无限伤感。

我写不出小兵老师那样漂亮的毛笔字，只是用黑色水笔工整地写下一段评语："故事还未结束，你可以随时找张老师沟通啊。我也会努力的，让课堂自由，让语文有趣。"然后把随笔本放在小兵老师的办公桌上，给他留了一张纸条："你给他写几句鼓励的话吧！"

第二天我来到办公室时，桌上已经有了一幅字：小兵老师用行云流水般的行楷给那位学生写了一段温暖的鼓励。上课时，我把随笔本连同小兵老师的字一起带给那位学生，他沉默着读完了，平静地说了声"谢谢"。我相信在沉默和平静之下，一定会有些东西沉淀到他心灵的河床上、青春的记忆里。

有趣的故事发生了。几天后的一个早晨，我的桌上也放了一本随笔。原来是我之前的学生现在到了小兵老师的班上，她也在随笔里表达了对我的想念。小兵老师幽默地仿照我的评语回复她："我会努力的。"

学生喜欢上一位老师后，再去适应一位新的老师，会有些困难，也

需要一定的时间。在平时的教学中，我们就应该让学生形成这样的认识：喜欢一位老师，喜欢他的课，重要的是由此养成对学科的热爱，养成终身学习的习惯；如果因为怀念一位老师而不能接受另一位老师，甚至因此在学科学习中感到困难，想要放弃，那只能说明你的“喜欢”是一时的迷恋，并非理智而持久的热爱。

作为教师，也需要正确对待学生的“喜欢”，千万不要把自己当作明星，自恋自负，得意扬扬。曾有一位朋友告诉我，她休完产假后回学校上班，接了一位特级教师的班。学生和家长开始时对她不太信任，她上课很困难，于是找那位特级教师求助，希望他能跟学生做些沟通。那位特级教师非但没有帮助她，还面露得色，似乎这些早在他的意料之中。朋友再没找过他，只是认真地琢磨课，真诚地跟学生沟通，一段时间后，学生接受了她，她也找回了自信。那位特级教师沾沾自喜的浅薄和狭隘，给我留下了深刻印象，深恐自己成为那样的人。我们不仅要提醒学生“大其心使开阔”，更要时时以此自警，因为“教师的胸襟有多大，学生的天地就有多大”。如果遇到过于依恋我们的学生，应该告诉他们：“你并没有失去我这样一个老师和朋友，现在又多了一个新的老师和朋友，多好啊！”

刚工作那些年，作为新教师，我也曾非常在意学生的“喜欢”。这些年，我渐渐懂得，我陪学生一起走过一段最美好的青春岁月，有一些真善美留在学生的心上，也留在我的心上。我非常珍惜这些岁月，学生的朝气感染了我，减轻了我生命中的沉重和阴郁；我也珍惜师生间的心灵交流，那往往是别的职业所无的至高幸福。至于学生，他们还有长长的路要走，广阔的远方和无限的可能正在等待他们。他们带着那些真善美好好地往前走就行，记不记得我，一点也不重要。

13. “金黄的微笑”

生活总是比戏剧更富有戏剧性。

一个再平常不过的中午，我在学校附近的路口等一个有点长的红灯。不远处有一位老太太，着灰色旧衣，头发花白，拄着拐杖，动作迟缓僵硬，一步步往前挪移，活像《祝福》里的祥林嫂还魂。她慢慢挪到我的面前，或许是觉察到了我目光里的同情，停了下来。这时她做出了一个让我意外的动作，向我伸出手来。

先前我注意到她着老式旧衣，但还算整洁，未曾料到她是个乞者，见她突然伸手讨钱，竟有些尴尬。我的钱包里有一个一元的硬币、一个一角的硬币，便一起掏给她。她似乎还不满足，等着不走。我不由得有些不快，觉得老太太有些贪心。其实，我钱包里还有一张五元的纸币，但我告诉她没零钱了。

就在这时，一个中年女人骑着一辆破旧的电动车，停在了我们面前。只要一秒钟，我就能判断出这是个干粗活的女人，因为她的脸与手都有着明显的劳动的印记，黑红而粗糙。车后座旁挂着的白色塑料桶和拖把，更标注出她的职业。或许这是一个农村的母亲，为了供孩子读书，离开她熟悉的土地，到城市里做一份同样辛劳但毕竟比从土里刨钱容易些的工作；而她的孩子是不太会有机会到我所任教的学校读书的。

我带着职业性的敏感观察她，脑子里快速地描述评判感慨一番。这时却又出现了让我意外的一幕：她从口袋里掏出一个一元硬币，脸上露出农人才有的那种土地一样质朴的笑容，把硬币递给老太太：“奶奶，我给你一块钱，你自己买个饼吃吧！”

她挣一元钱的辛苦程度，远超我们；老太太也未主动向她讨钱，更未纠缠不放。她递给老太太这一块钱，就像在地头栽秧除草，在城里抹灰拖地一样自然。这大概是一种源自本能的善良吧，像乡间路边小小的野花，毫不起眼，但只要你注目于它，就会看见小花“金黄的微笑”。

绿灯亮了，女人开着她的旧电动车驶远了。如同学生作文里常用的结尾，我“目送着她远去”。又像鲁迅《一件小事》里的“我”一样，我羞愧于自己灵魂的“小”。带着同情观察那位老太太，但当她真的伸手求助时，我却感到尴尬和不快。我总是在观察，在描述，在分析，于生活的各种细节中求索形而上的意义，却总是陷入哈姆雷特式的困境，想得太多，做得太少。

短短的一两分钟，一个红灯的时间，生活向我露出它的一角，提醒我一些重要的东西。

下午的课上，我向学生讲述了这个故事和我的“小”。我告诉他们，这个世界上，总有人超越利害计算，表现出崇高的“善”；我们不能因为自己达不到那种境界，就以为所有的人和我们一样。也正因为有这样的“善”，尽管过去的一个世纪有大屠杀，有集中营，我们却依然还能相信人性，相信美好，相信未来。

教室里静悄悄的。但愿生活提醒我的那些重要的东西，会在这样的安静里扎根，生长。

14．手表的故事

一位家长介绍育儿经验：不让孩子和差生玩，理由是怕孩子被差生带坏。这位家长如熟读《论语》，还可引圣人言："无友不如己者。"

我能理解这位家长的良苦用心。但如何定义"差"？是学习成绩"差"，还是品质、习惯"差"？两者不能等同。一般而言，家长眼里的差生，指向前者。这里又有一个问题：在第十名的眼里，第三十名是差生；但第十名可能成为第一名眼里的差生；而某个群体的第一名，也可能不过是另一个群体眼里的差生。如果交朋友都如此"积极向上"，那谁都无法交到朋友。

家长的用意，无非是希望孩子受学习好的同学影响，提高成绩。但学习好的同学不一定有无私的品质和良好的习惯。他们很可能在学校带着别人玩，自己回家拼命用功。我曾在班上说到这个问题，有同学当即指着同桌说："你就是这样的！"虽有玩笑的成分，但的确有学生使用这样的小伎俩。

其实，无论是儿童世界，还是成人世界，交朋友都应该以"人"为本。纯真的童心，更不该受到功利的侵蚀。孔夫子的"无友不如己者"，据说另有一种解释："如"取"类似""如同"之意，整句意为"不要和志趣与自己不相同的人交朋友"。圣人的原意究竟如何，有待学者考证，但我认同将品质、性情、志趣等"人"之为"人"的本质特征作为择友的原则。

童年时，我有一个要好的玩伴，容貌清秀，天性善良。小小年纪，就做得一手好家务，能为父母分忧，对同学、朋友也友善尽心。她也用功学习，但成绩一直不见起色，是一般人眼里的“差生”。小学毕业，我们升入不同中学，临别她送我一块上海产的宝石花牌机械表。手表雅致庄重，我非常喜欢。在那个时代，以她并不富裕的家境，送这样一块表大不易。我懂得其中的分量，珍藏至今。

有了手机后，我只在有重要事务时戴表，以便查看时间。于是，每到这样的日子，我便戴上这块已有二十多年历史的旧表。从不迷信的我，却将这块表视为“护身符”“吉祥物”，戴上它，似乎童年时的好友正用她的善良和宽厚庇佑着我。

读大学后，我与她失去了联系。两年前，我托人辗转联系上了她，通了电话。多年过去，她性情依旧，说起自己的工作、同事、亲友，那种温厚，丝毫未减。她说自己早早成家，丈夫是个小生意人。她四处打杂，女儿初中毕业未再升学，也打打零工。她对自己的处境并不抱怨，只是尽心尽力地与家人一起，用勤劳去换取一份踏实的生活。

人到中年，我越来越有一种感觉：善良与聪明、敏感等特质一样，也是一种天赋，后天的教化有一定作用，但作用有限。有一种人天生具有宗教情怀，他们可能不信仰任何一种特定的宗教，但天性就具有最虔诚的教徒才有的纯粹与圣洁。《欧也妮·葛朗台》中，葛朗台太太临终前想到女儿的命运：“想到把这头和她自己一样洁白的羔羊，孤零零地留在自私自利的世界上任人宰割，她就发抖。”不知道为什么，我想起好友时，总会想起这个“洁白的羔羊”的比喻。不过，我并不发抖，因为我相信自己天真朴素的直觉：羊具有狼所无的长久的生命力，即使是在一个自私自利的世界。

一位同事曾注意到我腕上这块款式古旧的手表，误以为是价值不菲的名表，好奇地询问。我讲述了手表背后的故事，她感动不语。其实，无论是什么样的时代，什么样的人群，什么最有价值，最能长久地留在心上，大家都自有判断。多年后，班上哪位同学在某次考试中得了高分，我们全然忘却，毫不在意；而一个温暖的微笑，一把悄悄递过来的雨伞，却在心灵中的某个角落长久保存。陀思妥耶夫斯基在《卡拉马佐夫兄弟》中曾指出："没有任何东西比某种美好的回忆（特别是童年的回忆，你们生身之地留下的回忆）更崇高，更强烈，更健康，更有利于你们未来的生活了。……如果能把许多这样的回忆带进人生，这个人就终身得救了。即使只有一个美好的回忆留在我们心中，那这也可能在将来的某一天有助于我们得救。"

这种美好的回忆，只能来自非功利的纯真友情，而非"不要和差生玩"的精明算计。这提醒我们：面对各个复杂的教育环节，都不应忘了"人"的立场，忘了最基本的价值判断。

15. 美好星期六

星期六有事去学校。走到传达室，看到两个青年在和门卫交涉。门卫是个很厉害的二十出头的小姑娘，对陌生人很是警惕。隐约听到两个青年解释说是以前的学生，想回母校看看。小姑娘不信，要看“证据”。这类交涉时有发生，门卫自有其必须遵守的规章制度，旁人不便干预，所以我未停步，径直走了过去。

就在此时，两个青年叫住了我：“周老师！”我停下脚步，回头打量他们，却认不出是谁。他们热情地提醒我：“老师，我们是……”我想起来了，是我的第一届学生！十年过去，一位发福了，另一位当年是个内向稚气的少年，现在则精干成熟，难怪我认不出来。我向门卫证明他们的确是我们的校友，小姑娘又负责地要他们出示证件，方才放行。

他们兴奋地告诉我，今天有一项特殊活动——帮当年班上的一位男生向同班的一位女生求婚。我很是吃惊，因为当年从未听说这两位有什么“绯闻”。他们解释说是这一两年从友情发展成了爱情，男生决定要在最初相遇的地方——母校——给女生一个惊喜，举行一个浪漫的求婚仪式。他俩是来帮忙的，男生和双方父母过一会儿就到，女生则由一位朋友负责找个理由“骗”过来。

不一会儿，男生和双方父母到了，还带着一大束玫瑰花和一个轻便的展示架。门卫小姑娘一看这么多人，还扛着摄像机，便很紧张，说了一堆不可入内的理由，最后要我请示领导。我求助于一位相熟的校长办公室的老师，他在电话里跟小姑娘说了几句，于是她痛快地同意了。就当好事多磨，大家都很高兴，到校园里的湖边，布置好展示架。此时阳光照着湖面，金光闪烁，展示架上两人的笑容如此甜蜜——一切就绪，只等待女主角出现。

15 分钟后，女生在朋友的陪伴下出现了。她显然毫无准备，所以一看到这情形眼泪就下来了，又觉得不好意思，就不断地用手去挡自己的泪眼，那份感动和开心却掩都掩不住。然后便是我们在电视里常常看到的场景：玫瑰花，钻戒，求婚，拥抱——王子和公主从此过着幸福的生活。平时我看这类求婚，往往觉得夸张，今天却很感动，觉得爱情真美好，青春真美好。身旁有在校的学生经过，这些十几岁的孩子一般都会停下看看，带着好奇，带着微笑，他们会想些什么？

学生告诉我，这个班上不止成了这一对。我当年的课代表是个纤细秀丽的女孩，有一个男孩一直很喜欢她，高中毕业以后继续努力，终于在前两年如愿娶回了她。少年时，我们可能都对异性有过朦胧的好感，能将这种好感升华成忠贞不渝的爱情，并最终与少年时那个梦里的他（她）携手，共度漫漫人生，真好！

爱情真美好，青春真美好。当一个见证这些美好的老师，真美好。

16．最幸福的事

秋天的傍晚，天色渐渐暗下来了。工作一天后，人很疲惫，情绪也有些低落，我拖着脚步往家走。这时，路边传来一个嫩嫩的声音："阿姨！"我停下脚步，看到一个小女孩，大约八九岁，纤巧的小身子，穿着白色的连衣裙，微微抬起脸——路灯在她秀气的脸上投下柔和的黄晕，明澈的眼睛那么美丽。那一刻，我简直觉得自己遇见了一个小仙子——凸现在黑暗的背景之上，给人们带来光明和温柔的小仙子。还是那嫩嫩怯怯的声音唤醒了我："阿姨，您能帮我一个忙吗？"小姑娘的目光中充满期待。原来她是来找同学的，可怎么也找不到那幢楼了，好在还记得电话号码。于是，我帮她拨好号，耐心地等着她。很快，问题解决了，同学马上来接她。她用双手把手机还给我，脸上是真诚的微笑："谢谢阿姨！"

告别小女孩，继续往家走。走出一段路，我回过头，看见小女孩还站在路灯下，见我回头，就朝我挥挥手。路灯的黄晕围绕着她，把她和周围的黑暗隔开，像是隔出了一个小小的温柔的世界。不知道为什么，我心里充满了宁静的喜悦。

晚上临睡前，眼前又浮现出小女孩站在路灯下的画面。我突然觉得其实这是一个隐喻：孩子们就生活在那样一个温柔美丽的小世界里，而我们成人所要做的，就是隔开周围的黑暗，保护他们的这个小小世界。如果把这个世界比喻成一块麦田——在阳光下闪烁着金色，在清风中荡漾着麦浪的最美的田野，就可以用上那个我们熟悉的比喻了——"麦田里的守望者"。

台湾作家张晓风曾写过一篇文章，写她的孩子第一天上学，她看着那小小的身影逐渐走出她的视线，在心里默祷："世界啊，我交给你一个小小的孩子，请你好好照顾他！"这是每一个母亲的心愿吧。把比自己生命还宝贵的孩子，交给了偌大的复杂世界，那小小的身影，牵系着多少母亲的挂念？母亲用温柔和爱守望着孩子，她唯一的心愿就是：世界也是如此。当她的孩子用怯怯嫩嫩的声音向别人求助时，能得到和蔼的微笑、耐心的倾听，还有热情的帮助。

那天，我是在一个美丽的想象里睡去的：有一天，那个小女孩长大了，会不会也碰到一个小小的女孩，用嫩嫩的、怯怯的声音说："阿姨，你能帮我一个忙吗？"她耐心地、温柔地弯下腰，听她说话，脸上有最美丽的微笑。那一刻，她会不会记起，童年时，曾经有一个相似的画面呢？

留在那样的记忆里，是我能想到的最幸福的事。

17. 从心底笑起来

周五下午，是我所带的文学社活动的时间。我和学生都很珍惜这45分钟，读读写写，讨论交流，以“文学”为主，又不局限于“文学”，彼此都觉得很有收获。大家围坐倾谈，真有家的感觉。

一个周五，我遇到一件很不愉快的事。对我来说，这些学生是很好的朋友，所以我并未刻意掩饰自己。我告诉他们，遇到不快，我会去想或做一件让自己从心底笑起来的事。比如写作，尤其是自己觉得有进步甚至突破时，那种快乐真是千金不易。我请他们也说说此类事，分享彼此的经验。

学生的答案非常丰富。有些是我们熟悉的经验：阅读、旅行、听音乐等。有些则比较特别。一位同学说他不喜欢旅行，却喜欢坐火车。在那些观光景点，他看到的是拥挤的游人、矫饰的风景。在火车上，那些匆匆掠过的田野、房屋、劳作的人们，则真实而质朴。每次下火车，他都觉得心灵被荡涤过了，目的地反而变得不重要。我告诉他，我的一位朋友每到一座城市，不看景点，不去商圈，只逛菜场，他觉得这是了解当地物产、人情最好的方式。而作家苇岸则喜欢避开名胜，在乡野山川间徒步行走，亲近土地与人们。

两三位同学都提到了一种特殊的爱好：抄写。他们说与“读”相比，“抄”是一笔一画地写——更慢，更认真，也更入心。心灵储存的美多了，留给烦闷的空间自然就少了。一位同学说她最喜欢抄写庄子的《逍遥游》，每有不快，就在“水击三千里，抟扶摇而上者九万里”的壮美想象中遗世而独立，羽化而登仙。

一位同学说不期而至的一本书、一封信，都会让她欣喜。旁边的同学则补充说：不期而至的一位故人、一份友情、一段爱情……另一位同学则认为，不期而至带来的是意外之喜，这种喜可遇不可求，不如从“储存”中寻找温情。她将朋友的短信收藏起来，沮丧时就看看。我说我有几大纸盒学生的信、贺卡和小礼物，与短信相比，这是“实体”的温情，似乎还带着手的温度、异地的气息。还有一位同学说自己的记忆才是最可靠、最便捷的储藏盒……

在这样的交流中，45 分钟很快就过去了。我对同学们说，自己的心情已平复了，让他们从心底笑起来的那些人与事，也带给了我愉快和温暖，我非常感谢他们。

告别之后，学生陆陆续续离开了。这时社长走了过来，说：“老师，我能抱抱你吗？”这个高大的女孩抱紧我，在我的背上轻轻拍了两下。另一个女孩则眼泪汪汪地说：“老师，我就不抱你了，因为我要哭了。”一个男孩走了过来，递给我一片树叶。他有些害羞地提醒我树叶背面有字，我翻过来一看，是一行工整的小字：“老师，无论什么时候，都一定要美丽！”

我的“储藏盒”越来越重了。

18. 说再见，仍怀念

每个星期五的下午，在图书馆一个安静的阅览室，我和一群十五六岁的少年有一个固定的聚会——文学社活动。不经意间，这样固定的聚会竟已有不少年了。

我很珍惜这一小时左右的时间。试想，如果你兴冲冲地跑去跟一位朋友说："今天我读到西班牙诗人希梅内斯的一首诗《你的裸体》，特别优美——玫瑰／你的裸体化作优美／泉／你的裸体化作水／星星／你的裸体化作心灵"，朋友的反应多半会是"你今天怎么了"。而在文学社，学生会静静地听你念诗，他们清澈的眼睛里闪烁着星星，让你的心头开出最美的玫瑰。

一次活动结束后，一位女生告诉我，今天他们班发生了一件有意思的事。上午女生跑 800 米，大家都叫苦说"快要死掉了"。有一个女生说她一直念着周老师的名字，大家都觉得这颇有些"怪异"——周老师的名字又不是什么有魔力的咒语。她解释说，想着周老师，想着下午还有文学社的活动，所以"不能死掉"，无论如何也要坚持下去，这样，她才能把 800 米跑完。

去年教师节时，我收到了一份最用心的礼物。一位女生手工制作了六张非常漂亮的书签，上面画了六种紫色的花，用秀丽工整的小字注明花的习性，还镶了边，压了膜，穿孔后系上浅紫的丝带。另有一只埃菲尔铁塔形玻璃瓶，里面是紫色的薰衣草。一张手工剪出的卡片上，写着紫色般温柔的话语："记得老师曾说过喜欢书签，喜欢紫色的花。这是我第一次做书签，有些笨拙幼稚，希望老师能喜欢。做书签的时候我感到很快乐（薰衣草或许可以治疗失眠）。”我无意中说过的话，她都记在了心里。我把卡片收到储藏盒里，把薰衣草放在床头柜上，失眠时嗅一嗅，焦躁不安的心就会平静下来。

上学期的社团课结束时，正是寒冷的冬天。我以“说再见”开始，请学生依次接三个字，做一个文字接龙的游戏。接的这三个字，可以和“再见”的主题有关，也可以跑题，甚至调侃。其实我很有把握，百川归海，这样的接龙，虽时有跑题，最后却总会很好地扣题。我把学生的文字记录下来，头尾加上“文学社”和“春梅开”（还画了一朵小小的梅花），每人一份，留作纪念，希望文学社能如明媚的春花，留在每个社员的青春记忆里。我不知道多年后的他们是否还会记得这个星期五的下午，记得这张纸上流淌的温情。可以确信的是，我自己的生命，因此而多了牵挂，多了重量。

文学社——

说再见——天太冷——巧克力——

——爱安静——褐绿黄——水结冰——

——雪未消——抱抱你——稀盐酸——

——一起笑——多喝水——回来了——

——拆礼物——续前缘——脚朝上——

——很不错——好好的——找春天——

——正年轻——很好玩——仍怀念

——春梅开

19. 浸润在诗歌里

带学生读《春江花月夜》，叮嘱他们第二天早读要默写。傍晚到家附近一个幽僻的小公园散步，在一条小路上，遇见一位有意思的老先生。远远地，就听老先生大声说着什么，句与句间略有停顿。起先我还以为他在打电话，走近了，才发现不是。留神细听，伴随着他的脚步掠过我的，是“可怜春半不还家”，竟是《春江花月夜》中的句子!

没有默写任务，是什么让这位老人旁若无人地大声吟哦?他最早接触到这首诗，也是在如“春江花月夜”一般美好的少年时代吗?那样的年龄，悲伤也是轻盈的，叹息也是轻快的。乌发如今尽转白，教他读诗的那位老师还在吗?和他一起学诗的那些同窗好友，如今又散落在何方?其中会不会有一位如春花般明媚的少女，时隔多年，依然在老人的心上辗转，辗转，使他每当重读此诗，便重温几分少年心境?

或许我想多了。老人也许只是借背诗来活动活动脑筋，对抗衰老和遗忘。翻开诗选，挑一首长短合宜的诗，沿小公园散步一圈，正好背完。不过他选的毕竟是诗——恐怕不会有人拿一篇领导的演讲稿锻炼脑筋吧。有些东西流行一时，但时间自会淘洗浮沫，可以想象，许多年后，陪伴人们的，依然是《春江花月夜》这样美好的诗篇，在春朝，在秋夜，在书声琅琅的课堂，在宁静的林荫小道。

《春江花月夜》读来一片水光潋滟，惝恍迷离。南朝民歌《西洲曲》的结尾几句，有同样的神韵：“卷帘天自高，海水摇空绿。海水梦悠悠，君愁我亦愁。南风知我意，吹梦到西洲。”这首诗出现在大一的作品选里，教古代文学的老先生，也要我们熟读成诵。于是，在初夏的一个清晨，中文系的大楼前，我默念着“日暮伯劳飞，风吹乌桕树”的诗句，走下长长的台阶。台阶旁的土坡上，正有一棵高大的乌桕。这是我独有的青春：我不会到电影院里去和一群人缅怀青春，而只想以安静的回忆，守住一棵乌桕，一首古老的民歌。

文学社活动时说及《西洲曲》，我曾将关于乌桕树的细节告诉学生。不久后的一天，一位学生给我发来短信，说正好路过我的母校，忍不住进去找找那棵乌桕。中文系大楼前有几棵大树，哪一棵才是多年前老师默念着诗凝望过的乌桕呢？她认不出，惆怅而归。

课间，我忍不住将公园里偶遇老人的故事讲给一位同事听。同事笑了，说她怀孕时，为了培养孩子的诗性，也曾反复背诵《春江花月夜》。这两天备课，想起旧事，就念诗给已经六岁的女儿听，问她对这些句子有印象吗，女儿摇摇头，令她有些失落。

其实，她不必失落。十年后，坐在高中课堂里的女儿，也许会依稀记起童年时的一个夜晚，灯下，母亲曾温柔地读着眼前的这些诗句。二十年后，女儿会不会也怀着天真而美好的心愿，给腹中的一个小生命读《春江花月夜》？

在诗歌里浸润过的孩子，到老了，也依然有明亮的眼睛和柔软的心。

20．诗，是不能被打断的

诗人王小妮曾任教于海南大学人文传播学院。诗人上诗歌课，碰撞出许多关于诗歌的有意思的故事。特别触动我的有两个故事。

有学生告诉王小妮，他中学时的一位老师很喜欢诗，经常请学生读诗，也给他们讲诗。可能受了电影《死亡诗社》的影响，老师还曾鼓励学生们站到课桌上大声把诗歌朗读出来。他们的教室在三楼，那位老师的家就在四楼，他们经常听到老师和她先生在家里大声读诗。他们一读，学生就在教室里静静地听。

这真是美好的瞬间。老师用自己对诗歌的热爱，给孩子们留下了美好而神圣的回忆：像梦一样美、像青春一样纯洁的诗，静静地流淌在校园里，流淌在孩子们的青葱岁月中，滋养他们日后漫长的人生。经过诗的哺育，这些孩子在人群中显得很不一样。王小妮说："这些通了灵气的学生走到了我面前，听课的时候眼睛闪着光，我很感激这些不相识的老师。"她请这位学生把老师的名字和学校写在她的本子上。让我们一起记住这位老师：四川省眉山市仁寿县元通中学吕淑英。这位来自苏轼故乡的乡村教师，在这个浮华的时代，为我们接上了诗教的古老传统。

另一个故事则让人心情沉重。同样来自农村的学生小何回忆自己初中时的一次经历。学校要举行一次诗歌朗诵比赛，之前学校从未有过这类活动，因此小何非常兴奋，选了叶挺的《囚歌》，连着几天背诵，比赛的前夜还在洗澡的小房子里大声练习。比赛时，由于太紧张，他把"朗诵"说成了"演诵"："我要为大家演诵的诗歌是《囚歌》。"没想到他的老师立刻喝住了他："你连朗诵都说错了，别念了，下去吧。"多年后，小何依然不能忘记那声呵斥，在交给王小妮的名为“诗歌记忆”的作业的最后，他工工整整地全文抄写了一遍《囚歌》，还斜飘着画出一团云朵的框，框里写着：“谢谢老师，重新开启了我对现代诗歌的那份最初的原始激情，今夜我开始读诗，以我自己的方式，以最原始的萌动。”王小妮感叹说：“过去我从没想到，一个孩子受伤，伤口是这样深和难以愈合。”那个学期的最后一堂课，她请小何上台为大家朗诵《囚歌》，实现了他关于诗歌的最初的梦。

读这个故事时，我悚然心惊。我是否也曾因为学生一个无心的小小失误，便这样粗暴地打断他？更可怕的是，我无意中打断了他们，而自己对此浑然不觉，未曾做任何补救。如此，那伤口和阴影就永远地留在了他们心上，一个热爱诗歌的孩子，可能就因此远离甚至厌弃了诗歌，远离了激情与美。小何是幸运的，他遇到了王小妮，王小妮用诗一样柔软美好的方式，治愈了他的伤口，为他接续上了对诗歌的原初的热情。只是，像小何这样幸运的，能有几个？

年长的同事讲过另一个与诗歌有关的故事，听过的老师都不会忘记。有一个学生参加学校某项大型活动的选拔，考核的内容是朗诵一首诗。这位同学选了普希金的《致大海》，考核的老师可能因为对之前的朗诵都不满意，才听他激情澎湃地读了第一句——“再见吧，自由奔放的大海！”——就兴奋地打断了他：“不用读了，就是你了！”出人意料的是，他非常不快：“老师，我不在意能不能选上，请您让我把诗读完。”

诗，是不能被打断的；诗，与功利性的目的无关。吕淑英老师如果一心想着考试成绩，就会让学生用读诗的时间做诗歌鉴赏的模拟题。润物无声，非功利的热爱，才会被孩子们接受和铭记，代代传承。成为王小妮很难，需要诗人的天赋；成为吕淑英则没有那么难，多一些对诗歌的爱、多一些倾听的耐心即可。在刻板、功利的教育环境里，让我们为诗歌、为美和灵性留出一些空间，如王小妮所说，珍爱诗，就是珍爱理想和未来。

21．一本诗集

有一年教师节，我收到了一份非常珍贵的礼物——一本诗集。诗集有一个朴素的名字——“诗四十七首”，是我的三位学生的作品。他们热爱诗歌，自发成立了一个诗社，一有闲暇，便让自己沉浸在诗意中，酝酿琢磨所得，都记在一个共用的笔记本上。半年时间，得诗 47 首，遂将之打印装订，做成一个素雅的线装小册，送给老师。我问他们是否每人保存一本，他们说这是“孤本”，送给老师，他们有手写的诗稿，留作自己生命的“证据”。

夜晚，我珍重地翻开《诗四十七首》。诗社成立之初，三位同学合作完成了一个小序，放在诗集的开始，其中有些话说得真好：

少年时光，是应当写点诗的，聊以作为“今生今世的证据”。

想象一下十几年、二十几年后，倘此集犹能保存，三个当初的少年重新聚首，读读青春的梦与诗，多么美妙！

愿大家能坚持写下去，写完这一本。在生命的每时每刻，都这样写下去。

接着便是那 47 首诗。诗歌从形式到内容都很丰富，有现代诗、古典诗词、英文诗；所记牵涉甚广，反复吟味，却正如他们自己所说，只是青春、梦和诗。用美好的诗，记录纯真的青春与梦，留存于心园，日后“朝花夕拾”，重温那“水横枝”一般青葱可爱的岁月，该是什么心境？

最后一页，是简短的后记：

我们诗社没有什么作为。最令我们开心的成就是某次古诗词大赛，我们三个人分获一、二、三等奖。

这个诗集，我们不想声张，作为青春的秘密珍藏。

我们一无所有，除了我们的青春和诗。

此集作为教师节礼物，献给周春梅老师。

关了灯，我坐在沉沉的夜色中。白露已过，初秋的夜颇有些凉意。窗外的草叶上，是否已凝结了晶莹的露珠？手中的这本诗集，正如那草叶上的秋露，纯净透明——我当得起吗？

细想来，我并未为他们特别做过什么。我带着他们在课上读诗，一起读，一起品；课后会和他们说说各自喜欢的诗，交换心得。或许他们更看重的是，我在课上和课后，都不曾一味“填鸭”，为他们留下了读诗写诗的空间。读读，说说，想想，写写，在这些看似再简单不过的语文活动中，他们体会了语文之美、诗歌之美，尝试了创作的愉快，在紧张的学习中辟出了一方“自己的园地”，并且希望能一直这么写下去。有对诗歌的爱为人生打下明亮而厚实的底色，相信他们一辈子都不会觉得空虚。

对一个老师来说，这正是最大的回报。多年后，学生或许忘记了老师教过的知识，也忘记了曾经那么熟悉的老师的面容，但是，他们依然热爱阅读，依然有读诗写诗的心境。——我们正是为这样的未来而默默耕作。

那个教师节，我和我的学生们同在高三。不少学校的高三教室里，都有一个倒计时牌，时刻提醒大家这场最重要的考试。然而，有些比考试更重要的东西不该因此被磨灭。我曾经灰心失望，但学生用他们的诗告诉我，美好的东西，比如青春、梦和诗不会被磨灭。

手机响了——是一个学生的短信：“学校的集会庆祝，或许比不上学生的真心祝福。谢谢老师，高三的我们，感激您的引导、鼓励与陪伴。我们会做好的。”又想起了收到的另一个祝福：“教师节快乐。如果热爱，每天都是教师节！”

青春、梦和诗不会被磨灭，爱更不会被磨灭。谢谢你们的陪伴。

22．因为有诗

波兰诗人辛波斯卡（另有译名为“希姆博尔斯卡”），于我有着特殊的意义。

知道这位诗人，是源于学生的推荐。多年前，学生送给我一本书，中央编译出版社的《诗人与世界：维斯瓦娃·希姆博尔斯卡诗文选》。扉页上，学生告诉我，很久以来，他的书包里每天都装着这本书和一个苹果，因此书页上总有苹果的清香。读到这句话时，我忍不住拿起书闻了一下。似乎是猜到我会这么做，他接着说，现在已经没有了。

这位学生有出色的诗歌鉴赏力。他说希姆博尔斯卡是一位轻逸的诗人，对于细微、琐碎的事物有独特的洞察力。她能看见世界残忍、愚昧的一面，但她用一种真诚而俏皮的方式将其消解。相比之下，这位译者就有些笨拙，看看他给一些诗句加的注释，就会想到顾城说的“产品解说员”。正如学生所说，译文的确有些生硬，因此我只略略翻了其中一些诗篇就放下了。

这一放，很多年过去了。

春节出门，正是雪后，在火车上看雪景，给一位学生发了条短信：“路边覆着薄薄的雪，有点脏，像石灰。灰色的屋，灰色的人。一个灰色的小院，墙上刷着‘勿倒垃圾’。视线往上移，衬着天空，落了叶的树都那么美。姿态的美，线条的美。树枝间的风是浅蓝的。这些年，努力地把视线上移。悬空于垃圾之上，惶恐挥之不去。”许久，学生回了一条短信：“通晓地球到星辰的广袤空间，却在地面到头骨之间，迷失了方向。——辛波斯卡”对我刻意的“视线上移”中的逃避与虚无，委婉地表示了批评。这个高二的女孩沉静而敏感，读书多，悟性也好，不觉间成了我最好的对话者。她接着告诉我，辛波斯卡的诗集《万物静默如谜》非常好。

就这样，我开始重读辛波斯卡。湖南文艺出版社的这个译本是台湾的两位译者完成的，第一译者陈黎，也是一位出色的诗人。诗人的译笔果然出色，和之前的译本比较，高下立见。我一首首地读，不是按顺序，而是翻到哪一页就读哪一页。多年前的那位学生曾告诉我，有时什么也不想，就这样一首一首读下去，竟觉得如果可以这样读一生，该是件多么快乐的事。多年后，我终于体会到这种阅读的愉快，借此对抗生命中沉重的忧郁。

课堂上有时会多出零碎的几分钟，我会和学生分享一首小诗。于是，学生和我一起走近了辛波斯卡。之前他们熟悉几米的绘本《向左走 · 向右走》，却未必知道这个故事正源于辛波斯卡的诗歌《一见钟情》，画家是以自己的创作向钟爱的女诗人致敬。一位女生被辛波斯卡的诗深深吸引，读之品之尚不足，手自抄录。她向我描述那美好的时刻：中午，她临窗而坐，执笔抄写，诗句流淌在纸上，更刻在心中。阳光洒在桌上，她似乎也融化在暖意和诗意中了。三个多月后，她终于抄完全书，我问她能否把笔记本给我看看，她害羞地告诉我，送给一位朋友了。

我相信这一定又是个美好的故事，无论故事怎样发展，结局如何。

因为有诗。

辑　二

红色的蛇在飞翔

1. 红色的蛇在飞翔

同事们为自己的孩子成立了一个小太阳读书社，请不同学科的老师不定期来开课。他们给我布置了一个任务：给 5 到 10 岁的孩子讲讲诗。我没有给这个年龄的孩子上课的经验，更不用说是讲很难用语言讲清楚的诗歌了，接受任务后，心情可说是如履如临。

好的儿童诗很多，考虑授课的时间、授课对象的年龄段、活动的可操作性等因素，选择作品时，我斟酌了许久。最后选定的，是广受欢迎的绘本《逃家小兔》的作者玛格丽特·怀兹·布朗的一首短诗。

晚上我闭起眼睛时

晚上我闭起眼睛的时候
黑暗中
我看见光
黑暗中
我看见大大白白的天空
有蓝色的云彩
一群亮丽的绿色小鸟
飞过去

上课那天，是一个初夏的周六。简单的互动之后，现场的氛围活跃起来。我请孩子们闭上眼睛，跟着我读诗。跟读两遍后，我提出了一个问题：诗中所写和我们平时所见，有什么不同？小朋友们纷纷举手，很快就给出了答案：天空本来是蓝色的，在诗中变成了白色的；云彩则相反，从白色变成了蓝色；平时看到的小鸟，多是灰色、黑色的，在诗中则变成了亮丽的绿色。我又问大家为什么有这些不同，有的小朋友回答是污染造成的雾霾，让天空变成了灰白色，我说有道理，所以我们要保护环境。还有一位小朋友一语道破天机：是梦！另外一位小朋友补充道："半睡半醒！"是啊，晚上在黑暗中闭起眼睛，迷迷糊糊中，梦幻代替了现实，世界变得绚丽起来甚至颠倒过来。从某种意义上说，诗歌不正是流动在现实中的亮丽的梦吗？

接着，我请小朋友们回想一下：自己曾经在黑暗中看见过什么？如果回忆有困难，可以这会儿用手蒙住眼睛，体验一下黑暗的感觉，再看看能看见什么。一两分钟后，我请小朋友们发言。有几位小朋友说什么也没有看见，不过讲述也略有不同：有说是一片灰的，也有说黑暗中有不少发亮的小珍珠的。其他小朋友则看到了各种各样的画面。有的说看见了月亮，我追问是什么样的月亮，她说是圆圆的，带着浅浅的黄。有的说看见了黑色的三叶草，我问大家三叶草本来是什么颜色的，大家说是绿色的，我又问大家喜欢绿色还是黑色的三叶草，只有一位小朋友选了黑色。我说如果我们既能喜欢绿色的三叶草，也能喜欢黑色的三叶草，我们的世界就变得更多彩、更有趣了。还有一位小朋友说看见了牛郎和织女，我问他怎么判断出是牛郎和织女的，他说课本里有他们的故事，所以他知道他们是什么样子的。这时，另一位小朋友插嘴说，牛郎是个坏蛋！我很吃惊，问他原因，他说牛郎和孙悟空打过架！看来这位小朋友很会穿越和戏说，把在场的爸爸妈妈们都逗笑了。

有两位小朋友的答案给我留下的印象最深。一位说看见有一只蓝色的老虎在草地上。其他小朋友则纷纷补充说看见过红色的、黄色的……另一位说看见红色的蛇长了翅膀，在红色的天空里飞翔。像布朗的诗一样，画面、色彩都体现出与平时所见不同的梦幻般的绮丽的美。特别是第二个答案，背景、细节、动作都很完整，我鼓励他和爸爸妈妈一起编一则小小的童话。我们固然不必把孩子的世界神圣化，但他们的感受和想象的丰富有趣，表达的生动活泼，的确会撞击刻板乏味的成人世界，带给我们许多惊喜。

结束的时候，我请小朋友们每人说一句话，关于今天的课、刚刚学的诗等，随便说什么都可以，总结一下自己的感受。刚刚还在叽叽喳喳的小朋友们一下安静了下来，表情有些尴尬。我马上意识到这个问题的无趣，于是把问题调整为情境式的：回到家里，婆婆给你开了门，问你今天上午过得怎么样？愿意说的就说一说。只有两三位小朋友举手回答，答案大致相似：告诉婆婆学了什么诗，很开心，等等。这时又有一位小朋友给了我一个惊人的答案："我本来有很多话要说的，老师要我总结，我一下子就没话说了！平时我很爱讲话的，爸爸经常说我一天说的话比姐姐三天说的话都要多！"不少小朋友都跟着点头，说"是的是的，一要总结，就没话说了"。

最后这个环节，给了我很大的启发。这个年龄段的孩子，带着他们读读、想想、说说（最好还能动动）即可，过程是饱满的、有趣的，孩子自然会有收获。非要在结束时正式地总结，由"乐"引到"教"，或者在过程中念念不忘"教"，总想着"寓教于乐"，孩子们简单透亮的心灵，一下子就能识破我们的机心，结果只能是"教"也没"教"好，还把"乐"给丢了。

课在孩子们玻璃般清脆的读诗声中结束了。我闭上眼睛，也看见了蓝色的老虎在奔跑，红色的蛇在飞翔……孩子的世界如梦如幻，但愿我们能保护好这些梦，也让自己的世界里多一些亮丽的梦。

2. 天空中飞过一群大雁

同事告诉我，正读幼儿园的女儿，有一天去了植物园。老师说要让孩子们感受一下秋天，下周还要去动物园。女儿回家后非常兴奋，手舞足蹈地告诉妈妈看到了什么样的树、什么样的草，又闻到了秋天哪些味道；她跟好朋友一直手牵手，有了什么发现，就一起惊呼，一起欢笑。秋天的丰富颜色与独特味道，小朋友间的纯真友谊，显然会一直刻在她的记忆里，成为童年的底色。

另一位同事听此则大为感慨。她的儿子读小学低年级，那两天，老师也布置他们写秋天，不过思路却大不一样，是让孩子们对着一张图片，练习看图写话。儿子的作文里有我们从小熟悉的词句：一群群大雁往南飞；田野里一片金黄，正是收获的季节……她问儿子，你观察过大雁的体形和颜色吗？它们飞行的姿态跟别的鸟有什么不同？儿子摇摇头。田野里一片金黄，到底是哪些庄稼一片金黄？庄稼成熟时，都是金黄的吗？……儿子打断了她的追问："妈妈你别烦了，老师说我这样写很优美，给了我好几个五角星。我还有好多作业要写呢！"

大自然里有那么丰美的秋天，校园里也有清香的桂花和金灿灿的落叶。即使是我们住的灰色楼群，楼与楼间的逼仄空间里，也漏着些秋意。孩子却只是从教室到书房，从书本到作业本，远离了自然，远离了真实的观察、感受与表达。

苏霍姆林斯基曾感慨，有些事童年（特别是六到十岁）没有做到，以后就永远也弥补不上了。我所面对的十六七岁的少年中，许多人关于四季的认识，正是"田野里一片金黄"这一类书本上的描写。曾有高一学生这样描述迎春花："她，在风中摇摆着婀娜的身姿，如同亭亭玉立的少女随着美妙的音符翩翩起舞。她没有浓郁的芳香，却清香而淡雅。她没有高大挺拔的身躯，却在初春乍暖还寒的风中傲然开放。"这段描写美则美矣，却没有什么生气，描写对象换成许多种初春的花都可，如果把季节、香味等略作改动，则可打遍天下无敌手：一段文字，可应付从小学到高中所有关于花卉的描写。我问这位同学是怎么写的，他嘀咕了一句："瞎写的！"

过错当然不在孩子。作为教师，我们应当认真反思，我们是如何让一个充满好奇的天真儿童，变成了"闭目塞听"的"塑料儿童"？如何把辽阔天地压缩成了纸上苍白而扁平的世界？如何把写作变成了堆砌好词好句与修辞的技术性操作？

亡羊补牢，犹未晚也。十八岁前的少年，都可视作"儿童"。教育正是一种持续的"唤醒"。蒙上了灰的灵性，我相信还有可能被擦净，照亮。比如，在暮春的水边上一上《兰亭集序》，"仰观宇宙之大，俯察品类之盛"；教《假如给我三天光明》，可以让学生闭上眼睛，体验黑暗中的触觉：触摸熟悉的课桌、笔袋、自己的脸……

这样的"唤醒"，也可以成为一种自我教育的方式，延续到成年后。经典常读常新，自然与生活也是如此。面对一片落叶，四十岁的中年人与十岁的孩子，自然有不一样的观察与感悟。即使到了老年，也依然可以期待"唤醒"。韩国电影《诗》中，一位诗人这样启发他从未写过诗的成年学生：仔细观察一个苹果，翻来覆去地看，触摸，想象阳光如何穿透它……那天晚上，老太太杨美子在灯下拿起一个苹果，仔细观察，然而诗句并未到来。她按照老师的教导，更用心地观察、聆听与品味世界，记录零碎的感悟：鸡冠花痛苦而热烈的鲜红，树叶的低吟，掉落地上的杏子的甜美，湖面深蓝的细密涟漪上一顶飘落的白色帽子……最终，她交出了一首属于自己的真正的诗。

当我们像第一次看到一个苹果一样惊讶时，我们才开始去认识一个苹果，进而认识一棵树，一个秋天，一个世界。这样的开始，永远都不会晚。

过了几天，同事补充给我一个有意思的细节，她那写“田野金黄”的儿子，兴冲冲地跑来告诉她：“妈妈，今天我们几个小朋友一起去上厕所，路上，有一个小朋友忽然停了下来，我们也跟着他停了下来——天空中，好多片树叶正纷纷扬扬地往下落呢！”当书本上的词语与土地、生命发生这样的血肉联系时，孩子的灵性如此之美，生命如此之美。如果旁边静静站立着一个微笑欣赏的教师，教育也变得如此之美。

或许我们还可以贪心一点：那位微笑欣赏的老师，第二天在带小朋友们去做操的路上，也停下了脚步——天空中有一群大雁，就是小朋友们写了很多遍，却从未认真看过的大雁！小朋友们也一起停了下来，仰头看明净的蓝天下，一群大雁飞过……

3. 天使没有标签

最近收到一位读小学三年级的男孩的信，很有意思，原文抄录如下。

周阿姨好！你送我的U盘，我很喜欢。你写的卡片，我好像看懂了。谢谢你！我只能想到跟你说这么多，可妈妈非要我说句祝福的话，我就说："希望你身体健康，工作不要太辛苦。"可妈妈又说："只有这个吗？没有更好一点的吗？"我完全不明白她的意思，祝福的话不就是这样的吗？而且，她以前都说身体健康是最重要的了。后来，她又说："那你说句有趣的话吧，可以让阿姨开心一点的。"我想了又想，我特别希望能有这样的老师：她会带着宠物进教室，头顶一只青蛙，眼镜上骑着两只蜗牛，嘴巴里养着一条清洁鱼，带着来自巴西的温顺的蛇项链。吹一声口哨，教室外面会飞来一只猎鹰，停在她的肩上。抬起手来，袖口里窜出绿色蜥蜴帮忙擦黑板。打开教案，飞出一群彩色蝴蝶……呵呵，我自己都想做这样的老师了，你愿意吗？

字里行间，我仿佛看到了一个不断"诱导"的母亲，还有一个有些烦却还耐着性子按妈妈要求写"感谢信"的小男孩。转折的恰当使用，使叙述的层次很清晰，也增添了波澜和趣味。特别吸引我的是他关于老师的想象，我读这段文字时，纸上仿佛也飞出了一群彩蝶。我把这段文字读给自己的学生听，课堂上似乎也飞出了一群彩蝶。这些高中生被儿童无羁的想象吸引，纷纷感叹自己童年的消逝、想象力的枯竭。

童年的消逝是必然的、不可挽回的。我们能做的，是在成长、成熟的同时，努力保有儿童时代的童趣、诗性与想象力。这些至为珍贵的品质，却又是极脆弱的，极易被成人世界的条条框框、被所谓的“教育”摧毁的。

我曾有机会读到这位小朋友为老师欣赏的一篇范文《秋》，他按老师的要求，使用成语，使用排比和比喻，还学会了“卒章显其志”，在结尾处总结升华。文章优美动人，但上面那封信里那个活泼泼的孩子没有了——“秋”写得还真有些“老气横秋”。

这个聪明的男孩必然能揣摩出老师的标准，他将娴熟地写下一篇篇规范优美却平庸少生气的《春》《秋》或《四季》。这类作文能帮助他赢得高分。他会将那个更真实有趣的“我”留在更私人的日记或书信里。我担心那个“我”会被逐渐挤压缩小，甚至渐渐消失。六七年后坐在高中课堂里的他，听到一个孩子天真的隽语，会不会像我的这些学生一样，感慨自己想象力的贫瘠，却忘了自己曾有过如此出色的想象？

几天后，男孩的母亲又向我转述了一段对话。那天早晨的雾很重，外婆大声呼喊让男孩起床：“今天天气很差，要提前出发，赶快起来。”他慢悠悠地回答：“这不是天气，这是天堂，婆婆，你没看到我们都在云中的神殿里吗？”外婆哪有心情听他胡言乱语，连推带拉地把他塞进了卫生间。妈妈笑着问他：“我们是在天堂里吗？那请问，你是天使吗？”“是的，我当然是。”“哦，难怪你那么可爱。可是，你为什么没有翅膀呢？”“我把它拔了，我不需要它。”“为什么？你每天都在干什么？”“购物、餐饮、娱乐、休闲。”“天哪，你就干这些。我真怀疑你是天使吗？连翅膀都没有！”“我是啊，天使是不需要贴标签的！”

每个孩子都可能是不长翅膀的天使，我们却用自己的惯性思维给天使贴上了标签。每个孩子都可能是不自觉的诗人，我们却用种种套路、格式把诗人变成了“非诗人”甚至“非人”。看看那些把官话、套话讲得头头是道、激情洋溢的小演讲家，就会明白，这已不单纯是如何写作、如何说话的问题了。

当我们在错的道路上越走越远时，那群彩蝶被关进了教案，那些不长翅膀的天使，忘了如何飞翔。

4. 真的有圣诞老人吗

12 月 24 日下午，我跟一位同事一起下班。我对圣诞这类洋节没有兴趣，所以丝毫未觉得有何特殊，同事却很兴奋。原来她为儿子精心准备了一个礼物，还要策划一次“寻宝”。她将礼物藏在家中一个隐秘的地方，然后用纸条将儿子一步步引至宝物所在处。儿子认得她的字，所以她请几位学生帮忙书写。几张纸条上的字体都是陌生的，且各不相同——除了圣诞老人，谁有这样的神力？第二天，同事告诉我，儿子最终找到礼物时，那种兴奋和陶醉，她无法用语言描述。我想，这次“寻宝”，必将成为这个孩子最美好的童年记忆。

同事中有不少是小学生的家长，他们说大部分孩子都相信有圣诞老人，他们也就顺着孩子，假托圣诞老人，准备一个精美的小礼物——让孩子高兴一下，何乐而不为？此时总会有人质疑：孩子迟早要面对真相，何必给他们编织童话呢？

是让孩子们沉浸在童话世界的真善美中，还是告诉他们世界的真相，甚至教他们与童话王国迥然相异的丛林法则，及早学会自卫？

每逢此时，我就会想起一个故事。帕乌斯托夫斯基的《金蔷薇》中有一篇《夜行的驿车》，讲述了一个关于安徒生的故事。安徒生告诉同行的三位姑娘，他曾做过这样一件事：在树林里的许多蘑菇下藏起一些精美的小礼物，如银纸包着的一颗糖果、一小束蜡制的花、一枚顶针或一条缎带。第二天，他把一个小女孩带到这片树林，于是她发现了这些可爱的小玩意，高兴极了。他告诉小女孩，这些东西是小地精藏在那里的。这类可爱的举动，让孩子眼里燃烧起惊喜的“傻事”，却使同行的一位神父义愤填膺，他指责安徒生欺骗了天真的孩子，犯下了大罪孽。

主张将童话逐出儿童世界的人，往往认为这样做才是对孩子“负责”：孩子习惯了虚构的美好，有朝一日意识到圣诞老人、白雪公主只不过是想象中的人物，将如何面对现实？心灵柔软而善感的他们，将无法面对又冷又硬的真相；他们只能成为现实里的“弱者”。

似乎有理。不过，童年时远离童话，远离真善美，就能成为生活里的强者？强者之“强”，应该是坚强、强大，而不是强硬甚至冷酷无情。一个热爱童话，相信小花小草、小猫小狗都有灵魂的孩子，不会残忍地虐待小动物，长大了，通常也会比较善良。美国每年都有数万志愿者帮助邮局，替“圣诞老人”给小朋友们回信和寄礼物，他们被称为“圣诞精灵”。这项由美国邮政总局发起的“致圣诞老人的信”行动，已有百年之久。我相信那些“圣诞精灵”正是在圣诞老人的传说里长大的，他们在那些小小的礼物里体会到了温暖的爱。成年后，圣诞老人消失了，但爱却植根于他们的心灵，并通过信与礼物，在另一些幼小的孩子心里开出花来。

这就是童话的力量、爱的力量。新疆作家李娟曾回忆童年时外婆爬上学校六楼给她送早餐的情景。外婆出现在教室门外时，她感受到生命最初的、宽广的安静感：“在外婆给我带来的一场又一场安静之中，生命中的恶意一点点消散，渐渐开始澄明懂事起来。今天的我，似乎达到了生命中前所未有的勇敢状态，又似乎以后还会更加勇敢。”圣诞老人，正如同李娟童年里的这位外婆。仁慈宽厚的长者的呵护和庇佑，照亮了无数孩子的寂寞童年，使他们成长为真正的“强者”，正如李娟所说，“最安静与最孤独的成长，也是能使人踏实、自信、强大、善良的”。

让我们再回到安徒生的故事。对神父的指责，安徒生这样回答：“不，这不是欺骗。她会终生记住这件事的。我可以向您担保，她的心决不会像没有经历过这则童话的人那样容易变得冷酷无情。”美国新闻史上有一篇著名的社论，是对此类批评的更有力的回应。一百多年前，有一个小女孩写信给《太阳报》报社，问世界上究竟有没有圣诞老人。报社的编辑不但没有瞧不起这个看似幼稚的问题，而且以头版社论郑重作答：

眼睛看不见的覆盖着世界的大幕，不管有多大力气的人，不，即使全世界的大力士一起上，也是拉不开的。只有信赖、想象力、诗、爱、爱情，才能在某一个时刻，把它拉开，看到大幕后面的、无法形容的、美好的、闪闪发光的东西。……让我们高兴的是，圣诞老人的确存在。不止如此，他大概永远不会死亡。一千年以后，一百万年以后，圣诞老人也会同现在一样，让孩子们的心高兴起来。

5. 一只蝴蝶飞过

散步时，听到一段有意思的对话。小男孩大约三四岁，小脸胖嘟嘟的，非常可爱。他看到草丛里一只美丽的蝴蝶，高兴地喊了起来："奶奶，蝴蝶！"奶奶只冷冷地看了他一眼："喊什么！你逮不到它的！"

孩子大概只注意到了蝴蝶翩翩起舞的身影；等他略大些，会背几首唐诗了，他也许还会想起杜甫的名句"留连戏蝶时时舞""穿花蛱蝶深深见"；他未必会想到要逮住这只美丽的精灵。奶奶的想法却是，要么逮住它，要么忽视它，其背后是一种可怕的成人思维：必须要有所得；万物如果不能为我所有，就是无用的。

日常生活中，处处可见儿童思维与成人思维的差异：孩子迷恋色彩和图案的美、涂鸦的快乐，家长却更关注让孩子掌握技巧，尽快入门；孩子迷恋音乐所创造的奇幻世界，家长却只希望孩子顺利考级，多一块升学的"敲门砖"。前者重过程，轻结果，意在游戏而非功利；后者反之。

以《洛丽塔》等小说闻名天下的纳博科夫另有一个身份——鳞翅目昆虫学家。或许有人会对此迷惑不解，其实蝴蝶与文学有显著的相通点——精微复杂的美。不同的是，作为昆虫学家，他鉴赏蝴蝶的美，感叹造物的神奇；而在艺术创作中，他可以自己创造一个精微而自足的世界，成为那只神奇的"上帝之手"。某种意义上，作家正是以自己的写作"无"中生"有"，确立"人"的存在。

纳博科夫注意到"当一只蝴蝶不得不扮成一片叶子时，不仅一片叶子的所有细目都得到了美妙的表现，就连被蛴螬咬破了边儿的洞的斑纹也被模仿得淋漓尽致"。他对自己的写作也提出了同样的要求：具有善于模仿的魔力或蒙骗人的双重性。对蝴蝶的迷恋，转化为艺术创作的热情，至于那只蝴蝶是否收藏在他的标本簿中，则变得无足轻重。

令人遗憾的是，纳博科夫毕竟还是不能克制占有的欲望，他捕捉蝴蝶，收藏蝴蝶。或许他试图以此留住那易逝的美，获得一种永恒。但凝滞的死亡再美，又如何比得上阳光下展翅飞翔的生命之光的美?

孩子们欣赏美，却未必要占有美；纳博科夫欣赏美，也占有美；常人则一心想占有物，忘了美。

当那个孩子逐渐长大，再见到一只翻飞的蝴蝶，他会怎么做?是停下来迷恋地注视它，还是想方设法逮住它?更有一种可能：他的眼睛已看不见蝴蝶。逮住了蝴蝶，又有何用?他肩上的书包里，已装满了比蝴蝶“重要”得多的东西。

“大人怎么生活，孩子就怎么游戏。”这样的箴言，提醒着每一位成人：面对一个孩子和一只蝴蝶，可不慎乎?

6. “这条蝌蚪在乎”

大自然会用许多细节提醒我们春天的到来，比如墨点一样的小蝌蚪。

不知道为什么，我对蝌蚪有特别的迷恋。童年时，一汪春水，几条活泼嬉戏的小蝌蚪，对我而言，就是整个春天。相信有不少成年人跟我一样迷恋这些拖着尾巴的小墨点，而《小蝌蚪找妈妈》的水墨动画，更是几代人共同的童年记忆。

家附近有一个小公园，每到蝌蚪初生的季节，都会看到小朋友们蹲在池塘边与蝌蚪玩耍，流连不去。我曾有一个学生，在紧张备考的高三的那个春天，依然被蝌蚪吸引，记下这样的文字，令我在多年后仍印象深刻。他这样描述蝌蚪的颜色：“很黑很黑，黑到分不清眼与身。”这样描述孩子与蝌蚪的嬉戏：“伺小黑球自己浮上来，用手轻轻地托起来。蝌蚪最初好像未察觉，可小孩突然手一提，蝌蚪便猛地与小孩的手掌心接吻了一下，上下翻滚，也给了我们一个侧身，一扇尾巴现在才看清。”学生这些质朴而充满爱与生气的文字，在我心中的分量，胜于经典。

孩子们可能是太喜欢蝌蚪了，忍不住要把这些可爱的精灵带回家去。他们抖抖索索地把费了好大力才捉来的蝌蚪装进各种各样的瓶子，欢天喜地回家去了。我却常替那些蝌蚪担心：小朋友们知道怎么养蝌蚪吗？离开了池塘、水草和小伙伴，小蝌蚪还能快乐地游弋吗？

小学常给孩子布置种菜、养蚕等作业，也有观察春天、记录细节的作业。这类作业是很好的生命教育，且常与写作结合。我读过一些小朋友的种蒜日记、养蚕日记，的确很好。不过教师在布置作业时，可以提醒小朋友一些细节，比如还是让蝌蚪留在池塘中更好。曾有记者对捕养的小蝌蚪做过跟踪调查：脱离了自然生存环境后，很少有蝌蚪能够存活。珍爱生命的宏大主题，应当落实到这样的常识普及中。

今天去小公园，看到池塘边的水泥地上有几条蝌蚪，一条已经死了，还有几条在挣扎，可能是小朋友捉了又不要了。我把它们一条条放回水中，包括死去的那条，希望它在暖和的春水里安然睡去。小墨点们又欢快地游动起来了，我却想起了昨天学生告诉我的一件事。小学课文《这条小鱼在乎》的故事广为人知，学生告诉我，老师把这则故事作为材料，让他们进行审题立意的训练。这则故事大家太熟悉了，蕴含的主题也很清晰，所以大家或以此调侃，或放在高考作文的体系里，讨论如何超越平庸，寻求亮点。

我发了一条短信给学生，讲述了蝌蚪版的“这条小鱼在乎”，还加了一句：记得“在乎”比寻找“亮点”重要。很久，她回复我：“是，老师。上学上到几乎忘记正心诚意了。”

恰当而深刻地谈论各种人文主题，或许只是一种高级的“装饰”；只有当学生记住了“在乎”，俯下身去帮助一条小蝌蚪，“装饰”才内化为心正意诚的“素养”。而作为教师，我们也应当常常提醒自己：别教书教到几乎忘记正心诚意了。

7. 一棵树

据说是为了迎接某次盛会，学校的门口多了一株高大的银杏。为了帮助银杏存活，工人们搭起了巨大的支架，又围着树干密密地缠上麻绳。金属支架与粗重麻绳围困中的少许绿意，如现代文明的一个隐喻。

每次经过，我都忍不住想象这棵银杏的过往。也许在平原上一位农人的宅前或屋后，蓄起一泓阴凉，引来鸟儿啁啾。千百年来，人们都这样享受着树的荫庇："孟夏草木长，绕屋树扶疏。众鸟欣有托，吾亦爱吾庐。"也许在深山中一个小小的庭院里，每到秋来，寂寞的孩子便在树下捡拾金黄的小扇子，那微苦的清香，缠绕住了所有的童年记忆。多年后他从远方归来，绕过一座山头，瞥见对面半山腰上那一团耀眼的金黄，忍不住眼眶微湿。

如今，那团金黄消失为一个巨大的空坑。

在远离山乡的城市，一位白发萧萧的老校友在银杏前停留，在记忆里搜寻这棵陌生的树。多年以前，清晨的微风里，他吟诵古老的诗篇，那清朗的书声，未曾有银杏的簌簌声相伴；晚课前渐暗的暮色里，他写下对远方的思念，那信笺上，也不曾落下银杏精致的叶片。眼前的这棵树直直地戳进他记忆的深湖，有些东西一下子碎了。

而有着明亮眼睛和敏捷身姿的少年们，依旧在银杏下打球嬉闹。背景是一棵树还是一栋楼，对他们并无影响。四季的更替，只意味着衣服的增减；淅沥雨声，只提醒他们要带上一把伞。他们的生活里充满了"速成"，甚至他们自己也是这样"速成"的。他们对凭空出现或消失的一切安之若素，何况只是一棵树？

“不能计算时间,年月都无效,就是十年有时也等于虚无。艺术家是:不算，不数；像树木似的成熟，不勉强挤它的汁液，满怀信心地立在春日的暴风雨中，也不担心后边没有夏天到来。夏天终归是会来的。但它只向着忍耐的人们走来。”多年前，诗人里尔克这样写信给一位热爱诗歌的少年。

如今的少年，愿意十年树木般培植耐心吗？而这株在春天移植来的银杏，能等来它的夏天吗？能支撑起繁茂的枝叶，让树上的鸟儿与树下的少年都“欣有托”吗？

据说移植的树是否存活要一年后才知道，我们且耐心地等待明年的春天。好在春天终归是会来的，不能移植与更换，无论乡间或城市。

8. “哎呀！”

今天学的课文里，有一组拟声词：“叽叽——维叽，叽叽——维叽，叽叽——维叽……”学生读这个句子时很开心，也许是回忆起了儿时模仿各种动物声音的情景，找回了些许“消逝的童年”。高中课堂上，能让学生多一些明亮的笑声，我很高兴。在小学课堂上，这样的来自大自然的拟声词，又会唤起孩子们什么样的情绪和想象呢？

周益民老师的一堂公开课《诗中的声音》，回答了我的疑问。围绕一首儿童诗《夏日音乐厅》中“唧唧唧”“啾啾啾”这两组拟声词，周老师设计了三个语文活动，完全超出我的想象，启人深思。他先请一位小朋友与他合作，他读“唧唧唧”，小朋友模仿他的节奏、音高等读“啾啾啾”，读出不同的节奏与情感。比如：

唧　啾

唧唧　　啾啾

唧唧——唧　啾啾——啾

唧——唧唧　啾——啾啾

唧——唧——唧　啾——啾——啾

唧　　　　　　　　啾

　　唧　　　　　　　　啾

　　　　唧　　　　　　　啾

……

老师发出低沉厚重的“唧唧唧”时，小朋友则以清脆明快的“啾啾啾”

回应。就这样，短短的几分钟，两组词被读出了如此丰富的变化，我们仿佛听见两只小鸟在你呼我应，亲切对话。接着，周老师请孩子们猜测这两只小鸟的关系和对话的内容，孩子们饶有兴致地展开想象。想象往往还是现实的折射，所以出现得较多的答案是：它们的关系是父女、母子、师生等，对话的内容则是与考试、作业、起床等相关的孩子们熟悉的生活情境。稍稍特别些的答案是：夫妻关系，讨论的是今天吃什么；债主和欠债人的关系，对话内容则是追债。孩子的想象与现实生活的关联度，充分证明了“语文的外延即生活的外延”。最后，周老师请孩子们自选诗中的一小节，或自己创编一小节，练读诗歌，并将这些动物语言翻译出来。孩子们兴奋地练习着，各种模拟之声此起彼伏，课堂真如一个“夏日音乐厅”。最后，周老师总结道：因为我们赋予了声音不同的内容、性格与情感，单一的声音也变得有意思起来。

让学生在“生活、情境、游戏”中活动起来，在活动中学习语文，体味语文，这才是语文。反复在课堂上强调要善于观察和发现，要有描写意识，不如带学生到校园里去找找春天。万物静默如谜，学习观物，深入世界，获得诗心。学习辨别樱花和红叶李，迎春、连翘和黄素馨，垂丝海棠和贴梗海棠，并能用语言准确描述其花、叶、枝的不同。我们所要强调的观察和描写，尽在其中；对美的欣赏、对生命的呵护、对人与自然和谐关系的珍视等，也尽在其中，无须多言，自会浸润心灵。

周一樱花都要满树了。

门口的紫玉兰……

枇杷树的花不好看却惹蜜蜂。

还有水杉！花和果一起满地。

原来什么都开花。

有一丛矮树叫“十大功劳”，也开花。

梧桐树在掉完所有叶子，老叶子真有风度。

又来了新树，她们都没能安静地等花开。

枫杨树绿极了。

哎呀！

当学生写下这样的诗句，当他们对这个世界惊喜地发出“哎呀”时，还用担心他们不会观察和描写吗？苏霍姆林斯基曾带领孩子们到秋天的果园里：初秋的晴朗而明媚的一天，柔和的阳光照耀着披着各色盛装的苹果树、梨树、樱桃树。苏霍姆林斯基给孩子们讲述金色的秋天，讲解自然界的生命如何度过漫漫寒冬，并请孩子们谈谈自己的见闻和感受。孩子们的描述完全没有重复教师的讲述，让人惊异：“路边开着一棵孤零零的野菊花”；“鹳鸟站在巢边上，向很远很远的地方眺望”；“一只蝴蝶落在菊花上，它在晒太阳”……苏霍姆林斯基意识到，在这样的观察、感受和描述中，思想在活动，在丰富，儿童正在养成思考能力，体验到一种无法比拟的思考的乐趣和认识的享受。

我跟同事们说起这些，建议让埋头于书本的学生到校园里感受一下春天。高三的老师们感慨：高三学生眼中无春，因为心里只有分。高二的老师们正在上丰子恺的《送考》，并补充了老舍的《考而不死是为神》，纷纷感慨那么多年过去了，考试之风依然比春风强劲。感慨归感慨，或许我们还应该反躬自问：在春天和学生之间，在语文和学生之间，我们究竟是在架设桥梁，还是在构筑壁垒？

9．“老师，雪！”

朋友是小学教师，开学前两天，他告诉我，在学校开了整整一天会，讨论本学期的各项工作，其中有一项是：开学那天用什么样的欢迎仪式给小朋友们一个惊喜、一个全新的开始。大家各抒己见，讨论得非常热烈。最后确定的方案是，全校领导分组在不同入口处（入口处悬挂灯笼），着红衣（或佩戴红色围巾或领带，总之要突出“喜庆”和“红火”），给小朋友发放糖果。

我佩服朋友及其同事的敬业精神，也期待听听开学那天小朋友们的反应。

我在高中任教，开学第一天，高二、高三的学生所面对的不是开学第一课，而是开学第一考，高二考小四门（四门会考科目），高三考大五门（五门高考科目）。我问高二的一位学生，如果我们学校也这样欢迎学生，她觉得如何？她的回复很有意思：如果她是小学生，大概会觉得老师很可爱，说不定很多年后还会记得。不过她更希望是自己熟悉的老师，而非学校领导在校门口迎接自己，还想象如果是从一位大家都“敬而远之”的领导手里接过糖果，恐怕会觉得是糖衣炮弹，而非新年祝福。她还补充说，其实，现在的小孩恐怕不关心糖果和红火，而比较喜欢“反常”。本想追问她何谓“反常”，想到她还要准备考试，只好作罢。想来大概补课与考试就是她所要面对的“常”，如果能超出这样的常态，对学生来说，就是意外之喜，具体内容倒不重要了。

生活往往具有荒诞的戏剧性，“反常”竟然不期而至。报到前一晚，天降大雪。教育局紧急通知，推迟两天开学，报到取消，直接上课。同事的孩子在开学前一天发愁说，明天要面对一个铁一样严酷、谁也不能改变的现实——上学。我问他如果学校领导在校门口穿红衣迎接他们，并发放糖果，他会不会开心一点？这位常有惊人隽语的孩子说会觉得有些夸张，其实他更希望一到学校，就能和好久未见的小伙伴交流一下寒假见闻，尽兴地玩一玩，至于学校有什么样的欢迎仪式、开学典礼，他并不在意。

铁一样严酷、谁也不能改变的现实，被一场大雪改变了。早晨开机，收到的第一条短信是：“老师，雪！”趁着因大雪而偷得的半日闲，到家附近的小公园看看雪景，发现多了不少小学生的身影和笑声。常散步的老人告诉我，平时只能见到学龄前儿童。一上小学，孩子们就像被关进了笼子，像这样和小伙伴一起打打雪仗，尽情玩闹的情景，真是难得一见！

不过，对我们的学生来说，考试没有取消，只是推迟两天。有学生抱怨说，还不如早点考完安心呢。也有学生说，早考迟考无所谓，反正不会“安心”。如何让学生真正“安心”“开心”，这可不是红衣、糖果或一场雪就能解决的。

10. 让孩子们的眼睛明亮起来

我有两个要好的小朋友。

一位是章同学，有一回苦着脸跟我抱怨："今天才星期一，明天星期二，什么时候才能到星期五啊！"另一位周同学则悄悄地跟我嘀咕，还是外面好些，放了学，他也不想回家。一回家，爸爸妈妈五分钟就要关心他一下，实在吃不消。

从一个笼子到另一个笼子——童年就这样消逝了。我和同事们回忆起自己的童年，都说虽然物质生活艰难，但与小伙伴的自由嬉戏、对自然的亲近，却是现在的孩子求之而不得的。

童年未曾打下明亮的底色，就很难成为精神明亮的人。我理解了何以我们的课堂上，明亮的眼睛在逐日减少。心里的失望与沉重，一天天地堆积起来。

今天发生了一件事，我心里一下子明亮起来，一定要记在这里。

章同学跑来找我，高兴从眼里溢出来。我问他有什么开心的事，他说这学期换了班主任兼语文老师，他特别喜欢这位老师，而且越来越崇拜他了。我问他为什么，他说了三件事。

第一件，老师竟然敢批评教材！那篇课文里的两个人物，在老师看来是一种不平等的关系，人与人之间不应当是这样的，而教材对这种关系，竟然是歌颂的！章同学看到同桌的小女孩一脸惊愕，因为从来没有老师这样讲过。他倒是很平静，因为他觉得老师讲的是对的。平等观念，就这样悄悄地在孩子心上扎下了根。

第二件，班上的两位同学在课上偷偷传纸条。老师大声喝道："吴同学，你在干什么？”吴同学一惊，纸条落到地上。老师继续大声说：“念！”吴同学念道：“惊爆价！惊爆价！吴同学，一折！江同学，二折！”原来是孩子们模仿商场活动胡闹呢。老师忍住笑，拎起纸条说：“看一看，瞧一瞧，快来买哦，两位同学大减价，两块五毛钱，就能把他们带回家！”班上同学一起大笑，老师继续忍住笑说：“罚你们回家各写一篇作文，题目叫‘打折’！”章同学告诉我，他拼命忍着笑，因为他怕自己一笑出来就会狂笑不止，老师就会让他写一篇《狂笑》。他讲得眉飞色舞，手舞足蹈，我都记不清自己有多久没见过他这样高兴了。

第三件，班上的几位同学做课间操很不认真，东倒西歪。做完后，他们听到楼上有人大声喊：“王同学！”王同学抬起头，正是班主任。老师用拇指和食指做手枪状，然后轻轻一抬：“pia！”王同学相当配合，应声倒地，全班大笑！

这个像孩子一样调皮的老师（或许他本质上就是一个调皮的孩子），用他的幽默和智慧，带孩子们重回天真快乐的世界。我相信吴同学将不再偷偷传纸条，那几位同学从此也会认真做操。一个富有童心的老师，在他们心里注入了爱和快乐。有了爱和快乐，他们就会爱上学校，爱上课堂，爱上集体活动，还有什么必要以捣蛋来求快乐呢？退一步说，如果孩子是健康与快乐的，课堂上传张纸条，实在算不了什么。

一个有童心的老师，就能带孩子摆脱对刻板生活的厌恶，重获童年。曾有一个学生对我描述她理想的小学教育：“真的盼望一个老师一样的小孩。现实一点吧，小孩一样的老师也足够了。每个孩子都可以是诗人。在世界面前，大家都是孩子。”

但愿我们不要辜负了孩子们的理想。

11. 为什么是“菩萨兵”

读《资中筠自选集》。出生于1930年的资中筠在自序中说自己虽未赶上“五四”，但父母师长都是那个时期过来的，无论经历、思想、地位有多大差异，中西文化交汇的底色却是相同的，重视传统教育，也重视现代公民理念，传统的“君子”与现代的“公民”自然地融合在了一起。她举一例说明当时之文化背景：自己一上小学，就学唱《礼记》中“天下为公”一段，中学英文课上则朗诵过美国《独立宣言》。

资中筠另有长文《修身老课本的“中国梦”》，介绍辛亥革命后出版的第一种新编小学教科书。这套课本包括初小和高小的《新国文》和《新修身》，知识丰富，贴近生活，特别突出完整的公民教育。学生在高小毕业后，即可达到“读书明理”的基本要求：“获得基本文化知识、文字修养、做人的道理，并且具备现代公民的品格和一定的世界眼光。”

近年许多有识之士关注小学教材中的诸多问题，也有不少人将眼光转回民国，以资借鉴。叶圣陶编写、丰子恺绘图的《开明国语课本》近年重印后，受到高度关注。我对现行小学教材不熟悉，不敢妄加评论，只说一件事。我有一位朋友，知识背景与语文教育无关，孩子读小学。关于孩子的语文课本，她说贴近生活、贴近自然、符合儿童心理的内容鲜有涉及。我推荐《开明国语课本》给她，她翻阅后，说要和儿子一起读，“补补该补的课”。

可借鉴者很多。齐邦媛的《巨流河》受到学者和普通读者的一致好评，我读时特别注意到1972年前后她在台湾“国立”编译馆编教科书的那段经历。当时台湾的语文教科书饱受批评，大家呼吁：“救救孩子！

给他们读书的快乐！培养他们自由活泼的人格！”言辞虽激烈，却没有人敢直接指出：问题出在只注意“政治正确”，选了太多党、政、军文章。齐邦媛对所面临的挑战有清醒认识——之前甚至有人差点进了大家戏称为“保安大饭店”的警备总部。但她认为自己“无路可退，只有向前迎战”。她与同仁一起努力，努力的结果是，1973 年后，数代学生“至少是读了真正的语文教科书，而不是政治的宣传品”。

回来说朋友的趣事。她的儿子按老师要求预习课文《菩萨兵》，内容是长征途中，朱德总司令带领红军战士帮助藏族同胞春耕春种，赢得了藏胞的信任与感激，体现了军民的鱼水深情。他认真预习，注音，释义，批点，老师的评语却是“要学会质疑”，因为他没有提问。他绞尽脑汁，提了一个问题：“为什么要把红军称为‘菩萨兵’？”提不出问题的学生成了“问题”学生，可是能怪孩子吗？他提出了问题，我们该如何回答他？

人人平等的社会，必须以完善的公民教育为基石，“源头既清，波澜自阔”。

12．希望他能一直坚持下去

同事家的小男孩，小名看看，七岁，早慧，常语出惊人。不久前听说看看一事：一日忘戴红领巾，老师说："看看，今天你就得不到小红花了！"看看嘀咕道："前面发给我的，我还没有贴呢……"老师怎么也没想到竟然有小朋友蔑视小红花！不过，老师倒也大度，没有生气，还颇为欣赏地转告家长。

前两天，看看又有惊人之举。邻居从英国归来，送给看看两支印有剑桥校徽的笔。看看问爸爸："剑桥是什么东西？"爸爸趁机进行励志教育：剑桥和牛津是英国的两所名校，你长大后想不想上这样的学校？看看不吱声，回自己的房间，再出来时，手上多了一样东西——一张自制的录取通知书。有意思的是，录取他的并非剑桥或牛津，而是"世界排名倒数第一学校——南京 ×× 学校"。通知书做得像模像样，有正文，有落款，还模仿剑桥的校徽，为"世界倒数第一学校"设计校徽一款。

看看虽小，可自有其价值标准：小红花、名校，都在他的价值体系之外。他好读书，对自己有兴趣的领域（如古生物）常进行专题式的深入阅读，有超出其年龄的认真与专注；也爱画画，常将自己的小故事画成连环画，画与文生动有趣。从这些爱好中他找到了愉快，家人和老师也给了他自由发展的空间，所以他不需要从小红花中去寻找自信。

孩子的价值判断，往往受环境影响。亲戚家有一聪明可爱的小男孩，两三岁，口齿伶俐，父母引以为傲，常让儿子为亲戚朋友表演口才。有一次我恰巧赶上，妈妈问："你长大了要上什么学校？"儿子奶声奶气、口齿清楚、一字一顿地回答道："我要上清华！"众人都夸孩子有志气，又夸父母教导有方。小男孩陶醉在这样的表扬里，从幼年起，不知不觉接受了一种价值观：清华等于被肯定，清华等于成功。且不说这种价值观是否正确，但人生可以有更多样的价值标准和发展方向，是毋庸置疑的。如果有一天，他因不能就读于清华一类名校而悲观绝望，再去提醒他这个道理，可能就比较困难。

童年时开始形成的价值判断，将影响一个人的一生。一位毕业多年的学生写信给老师：

很多人也许一辈子也不会知道自己要什么，也得不到自己真正想要的东西，因为他们不愿意放弃外在的东西。我现在更加确定什么样的生活才能体现自己的人生价值，才能让内心得到真正的满足和快乐。我的同学中，很多三十多岁的人都放弃了比较稳定且收入良好的工作去尝试新的感兴趣的东西，那才是学术发展的原动力。

这位学生是幸运的，他遵从内心，不计回报，从事自己喜爱的研究工作，获得了真正的满足和愉快。坚守自己内心的准则，不为世俗标准所动，坚持去做一些真正有价值的事，时下正变得越来越艰难。

在课上谈及“名校情结”时，我说起七岁的看看如此特别的“录取通知书”，高三学生纷纷惊叹于看看的聪慧和超脱。有学生沉默许久，郑重地说：“希望他能一直坚持下去。”

13．从美国的学童语言说起

在徐贲《美国的学童语言》一文中读到一位美国小学生写给总统奥巴马的信："我想告诉你，你当选，我有多么担心。我爸爸说，奥巴马当总统，我们都得搬到贫民院去。我爸爸说，我们得买鸡，靠卖鸡蛋过日子。如果我投票选举，我一定会投给约翰 · 麦凯恩。但是，你能与家人住进白宫，我还是为你们感到高兴。"

徐贲肯定了这样率真的、言之有物的"学童写话"，同时举网上中国某初中生的宣誓词作比："踏过书山漫漫，渡过学海茫茫。我们带着梦想展翅，怀着向往奋飞。今天，创建文明校园，争做文明学生，我们不退缩，不彷徨。让我们燃起青春的烈火，迸发年轻的激情，面对老师和全体同学，立下不悔的誓言……"对这样的书卷气十足、少年老成的"套话"，徐贲表达了委婉的批评。

作为一名中学教师，我对后面这种语体相当熟悉：比这调子更高、气势更盛、语言更华美的，也不在少数；而前者这样简单、朴素而真诚的表达，则相当少见。如果说中学语文教学的作用就是让学生的表达从前者过渡到后者，那无疑是教育的失败。

表达当视内容、对象而采用不同语体、风格，但真诚和言之有物应是基本要求，这本是常识；可惜的是，常识不一定能成为共识。我认识一位小朋友，童年时代的写作就是上述"学童写话"式的，我和同事们都很欣赏；进了初中以后，他的写作出了问题，常得低分，老师认为他思想幼稚，语言苍白。而老师所欣赏的好作文，正是这类"宣誓词"体的。"大写"的"我们"背后的虚伪与空洞，老师则视而不见。

更可怕的是，持这类写作观的教师不在少数。他们认为好作文=高调+修辞+文采，以此标准教学，也以此标准阅卷。学生为了得到教师的肯定和试卷上的高分，不得不迎合这样的标准。长此以往，“宣誓词”体大行其道，也就不足为怪了。

单纯地批评教师和学生，是不公平的，也是于事无补的。该思考的是，这种文风的根源何在。《一九八四》的作者奥威尔曾一针见血地指出：“清晰的语言最大的敌人就是不诚实。当一个人宣称的目的和真实的目的存在差距时，他会本能地倾向于使用冗长的文字和颇费周章的说法，就像乌贼故意放烟雾一样，以此扰乱人们的视线。”期望教育成为社会风气之外的一种另类的、独立的教化力量，是不现实的。

曾有亲戚央我帮忙，他的孩子读小学，语文一向不错，要参加一次级别很高的作文竞赛。老师直接要求孩子请家长或亲戚帮忙甚至代笔，交出高质量的稿件参赛。这样公然地弄虚作假对孩子心灵的影响，不知道这位老师可曾考虑过。许多家长给教师送礼，请教师吃饭，并不回避孩子；而教师欣然接受，在讲台上则照常宣讲道德高调。与之相比，学生在作文中做一点姿态，说一点空话，又算得了什么呢？

不过，也正是因为社会环境如此，学校教育的作用就更显其重要。潜移默化，就可以渐渐凝成改变社会的力量。如果每位教师都能用有效的教学让自己的学生杜绝“假大空”文风，以真诚、务实、负责任的态度发言与写作，当这些学生将来成为社会的中坚力量时，我们在公共领域中，就能感受到更多的坦诚与公正。

14．给童年留一点做梦的空间

近年来，民国时期的教育备受关注。前辈们的种种探索，超越时代，成为医治当下种种痼疾的良药。但民国时期现代教育毕竟刚刚起步，不必将其神化。

读何其芳文选，出于职业敏感，我对两篇回忆文章有特别的兴趣。一篇为《私塾师》。何其芳生于1912年，他的“发蒙”，不是在现代小学中完成，而是由几位私塾师完成的。在何其芳的故乡，人们形象地将进私塾读书称为“穿鼻”：原可在旷野上自由奔跑的小牛，被绳子穿鼻而过，从此落入狭小的牢笼。

何其芳的几位发蒙先生，都有些像小说人物。第一位曾远赴京城去献一部祖上注《易经》的书，未果，遂成一生之憾事；郁郁不得意时，又偶遇一位年轻的女郎，求之不得，寤寐思服。人们眼里这位半疯的老师，在年幼的何其芳眼里，却只是一个老得不喜欢走动说话的老头。第二位善良得像一个老保姆，对孩子们的顽皮打闹无计可施。第三位呆板平庸，后来不知为什么也疯了。最后一位虽然不打学生，却常常残酷地鞭打自己的孙子，仿佛“一匹食肉类的野兽”。后来何其芳才知道，他的这些残酷的行为，源于时时发作的烟瘾。这几位私塾师，让我们瞥见旧时代知识分子命运的一角。敏感的诗人则这样总结自己的童年：“我十五岁才进学校。在人群中我仍然是一个孤僻的孩子，带着一分儿早熟的忧郁，因为这些阴暗的悠长的岁月的影子是这样严重，没有什么手指能从我心上抹去。假若我有另外一个童年我准会快乐点。”

民国时期现代小学教育的普及程度如何，我不了解。但从何其芳、鲁迅的回忆文字中，都可看到私塾教育占了一定比重。在《私塾师》的最后，何其芳介绍他的童年在乡间被复制，叔父家的孩子们，重复着他的命运。

私塾教育带有旧时代的烙印，本在我们的意料之中；但何其芳为我们展现的当时北京大学哲学系的课堂，却颇让我感到惊异。在《写诗的经过》一文中，何其芳回忆了三位教授。一位是研究康德和黑格尔的专家，却无法把课教得让学生听懂：他总是翻开这两位的著作，东念一段，西念一段，然后和尚念经般咕噜起来。用心听就必然要打瞌睡，不用心就听不进去，学生的痛苦可想而知。另一位事先写好讲义，但并不印发，课上就逐句念出让学生记录，哲学课变成了听写课。还有一位教佛学，前一小时用楷书在黑板上抄写讲稿，后一小时则全用来骂人，骂"新文化"运动。这些或乏味或反动的课，把何其芳对哲学的兴趣消磨殆尽。如今说起过去的大学往往一片赞美，何其芳的回忆或许有个人化的一面，但多少为我们提供了一些不同的视角。

从私塾教育与学校教育中所得如此有限，诗人从何处得到自己的精神滋养？答案是广泛的阅读。童年时，他沉迷于旧小说与旧诗选。对诗歌的爱，正始于童年时代对李白、杜甫等伟大诗人的着迷。短暂的中学时代，何其芳说自己没有好好念功课，主要的收获是接触到"五四"后的新文学，对外国文学也有所涉猎。冰心和泰戈尔的诗，引领他开始了自己的诗歌写作。大学时代枯燥的哲学课堂，让他重新遁入文学的世界，他几乎将北京图书馆当时所有的外国文学作品的中译本都读完了。他着魔般地写诗，以至"梦中得句"；"扇上的烟云"般迷离优美的《画梦录》，也成于那个时期。

不甚理想的教育环境，却依然留下了读书、写诗与做梦的空间。俄罗斯文学专家蓝英年生于1933年，童年虽处战乱，却依然有属于自己的欢乐：摘榆钱，捉蜻蜓、钓鱼，"高兴得把世界上什么事都忘了"。如今是和平年代，物资丰裕，孩子们的生活却令蓝英年无比同情。他的亲戚多多是一名小学生，多多比成人还繁忙却无意义的日程，正是如今大部分孩子童年生活的缩影。他问多多最想干什么，多多的理想竟然是退休！

经历了这样的童年后，坐在高中课堂里的孩子会是什么样的呢？他们从无梦的童年走来，生活里已没有了梦，甚至开始主动地驱逐梦。课堂上，当我谈起美、诗与理想，谈起我们应当有自己的精神家园，有孩子冷冷地提醒我："老师，请别讲这些无用的东西！"也有孩子沉默不语，却用更冷、更尖的眼神让我明白自己的迂腐可笑。

给童年留一点做梦的空间，为未来留一点看似"无用"的伏笔。

辑 三

教室，应当是辽阔的

1. 教育是一种“点燃”

2005年诺贝尔文学奖得主、英国戏剧家品特曾在一次演讲（1995年戴维·科恩英国文学奖获奖演说，该奖项每两年颁发一次，旨在褒奖一位健在的英国作家的终身成就）中回忆自己所受的教育，有两点引起我特别的兴趣。

他回忆自己早年的阅读相当随意，这可能与战时他的童年生活不稳定有关。他两次被疏散，上过几所学校，不断返回伦敦，这显然不是一个有益的阅读环境。1944年，品特终于在哈克尼文法学校安顿下来。哈克尼有一个巨大的公共图书馆，他在那里开始广泛的阅读：乔伊斯、劳伦斯、陀思妥耶夫斯基、海明威、伍尔夫、兰波、叶芝……1951年，他在杂志上读到贝克特的小说《瓦特》选段，被深深吸引，于是在一个又一个图书馆里寻找贝克特的著作，最终发现了贝克特的第一部小说《莫菲》。贝克特对品特的创作产生了深远影响。

品特的父亲是个裁缝，家中几乎没有什么藏书，阅读都必须依赖图书馆。是英国丰富的公共图书资源，孕育了这位不仅属于英国，也属于全世界的“威胁大师”。反观我们的社会，是否能为每个爱书人提供这样的资源？当然，有了书，是否有读书的时间与心境，则是另一个问题了。被作业与辅导困住了的中国学生欲读书而不能的痛苦，即使是品特这样富有想象力的作家，也未必能想象与表达。

哈克尼文法学校的英语教师乔·布里尔利的出现，则成为品特人生中又一个重要事件。这位经历过战争的教师，对英语诗歌与戏剧文学具有极大热情。他把戏剧表演带到了孩子们的生活中；他慧眼独具，选中品特扮演麦克白。品特的心情于这个细节可见一斑：一次彩排结束后，他穿着特别喜欢的戏服直接上了公共汽车。老夫人们冲他微笑，售票员则开玩笑说："哦，我不知道该收你多少钱。"品特和乔·布里尔利成了亲密的朋友，两人一起长距离散步，持续了若干年。他们会对着清风，对着身边经过的电车，对着路人，高声朗诵剧作家约翰·韦伯斯特的名句，如《白魔》中的"我的灵魂，像黑色风暴中的一叶小舟，被驱赶着，我也不知道漂向何方"。这些句子使原本只熟悉莎士比亚的品特头晕目眩。他这样结束对布里尔利老师的回忆："是乔·布里尔利点燃了我的想象力。我永远不会忘记他。"

这两句话深深触动了我。作为教师，我们应当有这样的职业梦想：有一天，我们的学生也会这样回忆起我们。我们还可以对这两句话做删减与调整：可以减掉"我永远不会忘记他"——是否会记住我们，并不重要；还可以将"想象力"换成"对文学的热情""对生命的热爱""对美的敏感"等。我甚至突发奇想，作为语文教师，如果我能激发起学生"对数学的热爱""对宇宙秩序的追寻"，从某种意义上说，正是更大的成功。而某位老师也可以换成其他老师、某一本书，甚至可以是学生自己——自我教育才是最有效与持久的教育。经过这样的删减与调整后，我们会发现，一直保留的关键词只有一个——"点燃"。教育的核心价值，正是这样的"点燃"。学生能否取得世俗意义上的成功，比如像品特一样获得殊荣，一点都不重要，重要的是，他的生命被点燃了。

我们能不能让自己的课堂多一些这样的"点燃"？点燃学生，也点亮我们自身。教师多有这样的体会：看见学生的眼睛如星星一样明亮起来，我们就会感觉自己的生命也被点燃了，从中获得的成就感与幸福，难以言喻。这样的点燃，并非以"蜡炬成灰泪始干"式的自我损耗，甚至自我牺牲为前提，而是如《巨流河》中齐邦媛回忆吴宓曾指点她的："佛曰爱如一炬之火，万火引之，其火如故。"一火燃起，引燃万炬，其火之光明，未损丝毫。

学校话剧节前，我带学生一起读品特的这篇演讲，请他们特别留心关于乔·布里尔利的这段回忆，猜猜老师的用意。同学们有的猜是为话剧节做动员，有的猜是希望同学们能精读莎士比亚（我们的课外阅读书目中包括莎士比亚四大悲剧），还有的猜是希望同学们在平时的阅读与写作、话剧节的表演中，都能体会到品特所强调的“挑战、激情与趣味”。有意思的是，当我请一位男生说说他的猜测时，他坦承没听清问题，因为正在细读品特的文字。他被品特的文字吸引，老师和同学的讨论，都成了背景音。这种沉迷，或许正是“点燃”的前兆。巧合的是，在接下来的话剧节中，他们班演出的也是《麦克白》，他虽未能如品特般扮演麦克白，但也出演了一个重要角色。

我坐在台下，感觉自己正被他们的表演点燃。

2. 教室，应当是辽阔的

高三下学期的课，正常复习外，我还是会带学生读一点文学作品，希望借此对学生的读与写有长久的滋养。

这堂课选了旅美诗人非马的名篇《鸟笼》系列。

鸟　笼

打开

鸟笼的

门

让鸟飞

走

把自由

还给

鸟

笼

再看鸟笼

打开

鸟笼的

门

让鸟飞

走

把自由
还给
天
空

鸟笼和天空

打开
鸟笼的
门
让鸟自由飞
出
又飞
入

鸟笼
从此成了
天空

我将诗歌用投影仪打出，请学生注意其断句与分行的艺术。比如第三首中的“让鸟自由飞／出／又飞／入”，如改成“让鸟自由飞出又飞入”，或“让鸟自由飞出／又飞入”，在节奏与表意上有何不同？如何理解“鸟笼从此成了天空”？

备课时，我觉得这首诗出色地展现了诗歌形式的简洁与多变、主题的丰富，想象与学生一起品读的愉快，对课堂充满了期待。实际情形却使我很失望。学生对这首诗反应冷淡，我尝试通过讨论带他们深入诗歌，他们也只是勉强应付。回想起他们高一、高二时对诗歌的浓厚兴趣、出色的品读与写作，我感到深深的孤独与悲凉。难道他们身在高三，已自觉地用“考”语文替代了“学”语文，将“鸟笼”当成了“天空”？诗中的美与自由，都已经成了无用之物，所以要将其自动“屏蔽”？往日温暖明亮的课堂，一下子变得灰暗了。

上完课回到办公室，我常静静地坐一会儿，梳理一下这节课的得失，但今天我的情绪显然有些低落。这是上午的大课间，休息的时间比较长。兀坐发呆之际，跑来了一个学生，满头汗，说要向我道歉。我很诧异，问他原因，他说是为自己刚才课上的表现：他读第一首《鸟笼》，大有“梨花体”之感；当我提醒他们注意分行与断句的艺术时，他并不认同，反而觉得诗人是在玩弄形式，意思不大，有些无聊，所以忍不住嘀咕了“做作”两字。我说我没有听清他的嘀咕，听清了也不会在意，因为对诗歌的理解本就是多元的。他接着说后来我请他说说自己的看法，他却做不到当众直言，只好支支吾吾，说些“这样表达增加了艺术感”之类的套话。课后他觉得自己的表现是对老师和课堂的不敬，担心伤害了老师，所以一定要郑重地向我道歉。

我并不觉得他有什么过失，却感动于他的善良和自律甚严，也感谢他的坦率和信任，让我消除了对他们的误解。他接着又提出了一个建议：不要在刚带他们读完第一首诗时就停下来提问，应该将完整的系列一并读完，再让他们自己读读想想，他们就不会产生“梨花体”的错觉，也能更好地体会诗味。实际上，他们在读完三首诗，听了老师对形式与主题的分析后，还是很认同这个作品的。

比照自己的阅读经验，我觉得他说得在理。我正是在完整阅读与反复品味的基础上，才体会到了这组作品的精妙。如果刚读完第一首甚至第一诗节，就被人强行打断还要听其喋喋不休，恐怕也会觉得诗无聊，课堂无聊。看来我还是太“急”了。看有些公开课上老师匆匆赶路，求全求多，结果反而一无所得，我总是替他们遗憾。细细想来，不过是五十步笑百步：我虽未急着赶路，却急于呈现问题，急于暗示，干扰了学生静心阅读和思考——而这，正是有所得的前提。学生通过自主阅读可以获得的，就不必急着展示，甚至不必展示——你给他时间，他自然就能获得，甚至品读得比你还好，教师在此基础上稍做点拨、总结即可。

听过的有些课预设太强，我同样也觉得遗憾。见不贤而内自省，对自己的课，我尽力追求开放与生成。与这位学生交谈后，我意识到自己的所谓“开放”，不过是“伪开放”。展示文本和提问时，往往已不自觉地暗示了倾向和观点，尽管一再向学生强调“诗无达诂”，学生依然难免陷入“预设”，而不能独立思考，或者有思考却不敢勇敢表达。原因很复杂，可能是由于将教师视作专业上的权威，或敬重或畏惧，进而迎合或沉默；也可能是因为一直信任与热爱某位教师，不愿与其背道而驰，私人情感干预了理性认知。一旦学生形成迎合或沉默的整体氛围，改变就非常困难。

而当学生对我们热情推荐的作品漠视或反感时，我们不应急于批评他们功利：这很可能只是我们的主观臆断。热情被冷水浇灭所产生的悲观情绪，妨碍我们冷静地探寻复杂的真相。学生可能是由于自己的文学偏好而不喜欢这个作品，这种偏好与应试无关。也可能他刚刚做完一套很难的数学试卷，实在没有心力来欣赏一个可能不那么接地气的“美而玄”的作品。因极度疲倦而无法阅读或思考，我们都有类似经验。还有一种可能，我们的中途干预或过度解读，拉长而非缩短了他们与作品的距离，如鲁迅杂文“闲谈”式的幽默丰厚，常在我们的解读中变得正经刻板，趣味尽失。

再读《鸟笼》系列，我写下了这样一段话：“急于给学生一片天空，实际上还是给了他们一只鸟笼。有的鸟笼一眼就能看见，有的则装饰得很美，掩映在绿树丛中，不易发现。更可怕的是，明明给了学生鸟笼，还坚定地相信那就是天空，将自己和学生一并囚禁在鸟笼中，自得地歌唱。”

教室，应当是辽阔的。

3．与学生一起“讲理”

同事的孩子姜读初三，是个沉默寡言的男孩。同学曾开玩笑说，如果说“沉默是金”，那姜一定是他们班纯度最高的“金”。姜不爱说话，却有想法，能实干，为人正直，在班上很有威望，曾以全票当选班长。文如其人，他的文字多为朴素的叙述与平实的说明，清通简洁。

这样的文风，在考试中却很难得到老师的青睐。看一看作文题，就能明白原因：“让心开花”“倾听心底的声音”“从未如此阳光”……抒情气息浓郁的此类标题所暗示的文风，与这个朴实的少年格格不入。这类命题并非全无价值，但初中的写作教学，内容应更开放，风格应更多样，以便让不同性情的少年都有话说，培养学生全面的写作能力。

同事为了让儿子作文分有所提高，只好教他一点“技巧”，“以不变应万变”。姜曾参观盲校，盲童们用盲文笔写字时的敲击声，给他留下很深的印象。他感受到盲童们学习的艰难，同时也仿佛听到了他们叩击命运之门的铿锵鼓点，那声音敲击在他的耳中，更长久地停留在他心上。同事建议他完整地叙述过程，描写细节与感受，一篇《倾听心底的声音》就完成了。稍微更换一下关键词，就能贴到“开花”“阳光”等主题上去。姜很聪明，一点即通，几次考试下来，进步很大，虽不一定得高分，却能保证在中上。同事传给我一些此类作文的高分范文，则满纸花开，文远大于质，情远多于事，理则几无。

高中的写作偏重说理，我们常惊诧于学生的不讲理和滥抒情。知晓了这些细节后，才明白学生何以如此。最近读了徐贲谈公共说理的新书《明亮的对话：公共说理十八讲》，则更为我们的误入歧途、误人子弟而惶恐不安。

据徐贲介绍，美国的公共说理教育从小学一年级就开始，一直持续到高等教育。对低龄学生，虽未明确提出“说理教育”，但一到五年级对“说理”都有具体的要求，如一年级为“重述简单说理和叙述段落中的主要观点”，三年级则上升为“在说理文中区别主要观点和支持这些观点的细节”等。

六年级（即初中一年级）开始，在小学基础上提出了“说理评估”的系统要求：一、判断论据是否恰当；二、如何准确引述；三、察辨缺乏论据支持的推理、说辞等。具体分为两个部分：辨析逻辑谬误和提防宣传。逻辑谬误有过度简单化、浮泛空论等五种，宣传则有人云亦云、谩骂、恫吓等十种。值得注意的是，这类能力的培养，均借阅读中感性、具体的实例落到实处、细处，不断让学生讨论和加深印象。与小学一样，初中的说理教育循序渐进，如六年级的重点在于区分“客观事实”与“个人看法”，七年级时则提醒学生注意“成见”与“偏见”，八年级分析的不当推理和谬误论述更为复杂。

高中阶段的要求又有所提高，如九到十年级提出了“对方意识”——说理是“对话”而非“独语”，必须尊重与自己不同意见的说理对方，论辩时应全面准确，心平气和。我尤为感兴趣的是，在高中的十一到十二年级，说理评估的对象是“公共文本”，如政府文告、政策说明、政党文宣、公共部门的规章条例等。印成铅字的，甚至已被执行的公共文本，在道理上未必说得通，这就是反复进行的说理评估要告诉学生的基本道理。这样的教育对培养学生的独立思考能力与公民意识的意义，毋庸赘言。

徐贲强调，公共说理的能力不只是一种知识，更是一种习惯，而习惯需要从小培养，一旦错过形成期，即使后来有机会获得知识，也很难内化为习惯。他认为尤为重要的是初中三年，这个时期的孩子可塑性最强，有自然的好奇心和求知欲，能很快地吸纳知识并转化为习惯。反观我们的教育，小学、初中基本缺失说理教育，高中则是“为赋新词强说理”甚至“以抒情代说理”，其实质均为“不讲理”。

教育如农业，当顺时而作。我们懂得这样的常识，也能想象后果的可怕，在现实中却依然不作为甚至反作为。教师与其批评学生“不讲理”，整个社会“不讲理”，不如从点滴渐进的说理教育做起，从自己的课堂做起，从辨析一种逻辑谬误、质疑一个公共文本开始，与学生一起“讲理”。

4. 哪怕只是徒劳

在教学中，经常遇到一些“问题”学生。我所说的“问题”，并不是指学习有困难，其中有些学生恰恰是某些教师所欣赏的成绩优秀、表现突出的“好学生”。

有些学生的问题在于态度与习惯。作业一般都不做，偶尔交了，像是对老师的恩赐，心不甘情不愿。你请他读点经典作品，他则无论古今中外，一概拒之，或跷个二郎腿，东看看，西望望；或趴在桌上，懒洋洋如缺筋少骨。

有些学生的问题则出在过于“聪明”，脑中似有一具算盘，遇人遇事，噼里啪啦一拨拉，即刻做出最划算的选择。比如只关心自己的学习，劳动值日、学校运动会等别想请动他，集体活动概不参加：有那时间，不如多做几道题！曾有班主任告诉我，他动员学生参加某项公益活动，有学生当众质问他：“这和高考有什么关系？”准确地说，他关心的是：“这对我的高考有什么好处？”当然，也有学生热衷种种社会活动，且必有照片或视频记录活动过程，再加上文字总结，最后形成可展示的成果。形式和取向不同，内核却是同样的精于算计。

常听人说，“没有教不好的学生，只有不会教的老师”。以前每逢这类“问题”学生，我总反思自己的不足。但反思、沟通与教学上的改进，对这类学生几无影响。我颇为苦恼，却始终没有什么好的办法。最近读到《第 56 号教室的故事》中雷夫老师的一段话，对这个问题有了新的认识。他说：“我不认为我能教好所有的学生，但我认为我们应当尽力去教每个学生，哪怕无法在每个学生身上都见到成效，正如再好的医生也无法保证能拯救得了每一个生命一样。曾经有一些学生，他们的家庭处在灾难之中，我也没有办法帮助他们。中国有一句话：‘师傅领进门，修行在个人。’实际上，拯救学生的灵魂并不是我的职责，我的职责是给学生机会，让他们挽救自己的灵魂。”

教育的力量是有限的，教师个体的力量则更小。家庭、学校、社会的影响无所不在，教师个人的努力往往不堪一击。曾有家长得意扬扬地炫耀自己家财万贯，交游广泛，孩子分数不够，他如何神通广大地解决问题，言语之间无半点羞耻感。我提醒他孩子学习很成问题，根子在态度，无兴趣，无动力，暮气沉沉，无半点少年志气。他坦言无所谓，孩子的将来他都已安排妥当，到这所名校来，就是增加一点贵族气，也积累一点人脉——许多同学日后可能是达官贵人。也曾有教育界官员在某次活动中提醒学生，这类活动有助于他们提升管理能力，获得资本，从而比别的同学拥有更多的机会。即使教育得当，社会风气如何，大家有目共睹，学生如果没有判断是非的意识与能力，灵魂就会如洁白的豆腐沾染煤渣，污垢极难清除。你再努力也没有用，有些学生对与其价值观相悖的一切自动屏蔽。

如此说来，似又太悲观。诗人王小妮在《上课记》一书的前言中谈到自己所做的努力时，则这样写道：“如果它完全是徒劳，也要让这徒劳发生。”

有学生在随笔中剖析社会问题，条分缕析，很有见地。及至目睹他在公开演讲中慷慨陈词，说他在随笔中所鄙视的假话、套话，我又是讶异又是“佩服”。我决定还是找他谈一谈，哪怕只是徒劳。

5. 不必做民国教育的“凡是派”

翻旧书，读到两则可对照的史料。

一则来自张中行回忆北京大学（以下简称“北大”）的《怀疑与信仰》，其中谈及他考入北大的经过。1931 年夏，张中行自通县师范学校毕业，求职未果，继续升学。北大考期靠前，他交了一元报名费，进了考场。第一场考国文，作文题出自《论语 · 季氏》：“不患寡而患不均，不患贫而患不安，试申其义。”他就“寡”“贫”做阐释，并引《孟子》“河内凶，则移其民于河东，移其粟于河内”等为证，得了高分。尽管数学、外语等都考得不怎么样，他还是因国文的高分而被北大录取。张中行将其归功于自己的小学启蒙教师，这位刘姓的前清秀才，不满足于只教“人手足刀尺”等识字的功课，晚上自愿给愿意听听的孩子加班讲解《孟子》。与传统的私塾教育有所不同，这位刘老师革新了教法，先讲解，后背诵，于是“河内凶”一章便牢固地留在了张中行的记忆中，最终帮助他顺利考入北大。

其时文史哲不分家，进入北大中文系的张中行听各种课，读各种书，却认为这种“博”“漫羡而无所归心”，关系并不大。关系大的，是默默受北大精神的熏陶，即两种看似矛盾作风的协调，一为乱说乱道，二为追根问柢，合在一起即“既怀疑又求真”。他认为这才不是“浮在水面的博”，而是“走向水底的深”，有了此种精神，口说笔写才能确有所见，不甘于人云亦云。

从刘老师的敬业精神与教法革新，到北大的“不拘一格取人才”，再到北大“既怀疑又求真”的精神对学生的深远影响，都可以为民国教育的“凡是派”增加有力的论据。不过另一位名家的回忆文字，则提醒我们不必也不应将民国教育神化。

孙犁在《善闇室纪年·在北平》一文中，回忆了20世纪30年代他在北平象鼻子中坑小学当事务员的经历。当时北平的小学都由北平师范学生把持，这所小学的校长同样毕业于北平师范，在北伐战争时期参加了国民党，带领几个同乡、同学，从围墙外攻入，强行驱逐了非北师毕业的原校长。他自己当了校长，而那几位同乡、同学，也理所当然地成了教员。

校长薪金不低，却还虚报修缮费、文具费，且从找军衣庄给学生做制服，代书店卖课本中得些好处。他任用的同乡中，有两位特别恶劣。一位是四年级级任，虽然西装革履，习惯却很坏，一到办公室，就直奔痰盂，大声清理鼻喉。他一贯趾高气扬，后来忽然低头丧气起来，原来是与一女生发生关系，致其怀孕，只好找人谋求打胎，而校长只因是同乡关系，知而不问。另一位六年级级任神态酷似贾琏，“每星期天都去逛暗娼，对女生，师道也很差”。教员们都不读书也不备课，因为教书多年，课本不变，每天吃过晚饭，就“争先恐后地到外边去玩了”。孙犁在这群同事中过着极为寂寞苦闷的日子，不久就辞职离开了。

此文还记述了当时的小学课堂一个有趣的细节。这所小学正在试验一种新的教学法，名为“引起动机”，即教师先不讲课文内容，而由另外一种事物引起学生学习课文的动机，类似我们今天的“导入”环节。小学生却不简单，不久就了解了老师的“动机”，故意捣乱，不管老师如何“引起”，就是不往老师想要的答案上说。孙犁记载了师生间一段有趣的对话：“早晨你们常听见什么叫唤呀？”“鸟叫。”“什么鸟叫啊？”“乌鸦。”“没有听到别的叫声吗？”“听到了，麻雀。”原来课文讲的是“公鸡”！孩子们却偏偏不说。此类细节，令人联想起今日之公开课：老师费尽心思“启发”学生进入其预设的思路，结果却往往适得其反。

同为民国时期的教育,孙犁的回忆让我们读到的却是教员师德缺失、业“荒于嬉”,所谓教学实验之荒唐可笑。个人回忆往往带上感情印记,加之时隔久远,难免有夸张失实之处。但多读一读这类回忆,放在一起,或许可渐渐拼出全貌,接近真实,而不至于以为“窥一斑”必可“知全豹”。

民国教育只是一个时间段的教育的总称,形态多样,新旧并存。我们对其应如对一切事物,客观审视,批评借鉴,取其长补今之短,以求现实中的点滴渐进。如招生制度的变革,体育课时的增加等,如能落实且不变形,对当下的孩子来说,是解渴的近水。如处处将民国教育视为与现实对比的理想,目的只在批评而无建设,则是智力上的偷懒、行动上的不作为与道德上的冷漠旁观,其实质无异于我们常批评的这类家长:动辄说“你看人家孩子,多好!”却不愿花时间与精力陪孩子一起阅读,思考,成长,效果如何,可想而知。

6. 从菲尔兹奖说起

2014 年 8 月，被视作数学界诺贝尔奖的菲尔兹奖，首次授予了一位女性：来自伊朗、现于斯坦福大学任教的数学家玛利亚姆 · 米尔扎哈尼。学界甚至将米尔扎哈尼的获奖与玛丽 · 居里的荣誉相提并论。

除了杰出的学术成就外，与居里夫人颇为相似的是，这位年轻的数学家美丽优雅，谦逊低调，拒绝了一切随奖项而来的媒体采访。领略过科学的迷人风景之后，世俗的名利对她们来说，已不具吸引力。“优雅迷人”这样的形容，既彰显出米尔扎哈尼本人的气质，同时也概括了她对数学的认知。她最看重的，是在工作过程中享受到的纯数学的优雅和命题的长寿。她眼里的数学“很有趣，就好像猜谜或破案时连接各个线索”。她谈及自己尊敬的一位导师，说他“能用简单而优雅的语言解释复杂的数学问题”。迷醉于数学之美的米尔扎哈尼，也让我们联想起居里夫人关于科学之美的阐述：“我认定科学本身就具有伟大的美。一位从事研究工作的科学家，不仅是一个技术人员，而且还是一个小孩，在大自然的景色中，好像迷醉于神话故事一般。”

阅读相关资料时，我注意到一个有意思的细节：1994 年和 1995 年，米尔扎哈尼连续两届获得中学生“奥数”金牌。这位伊朗“奥数”史上的第一位满分获得者，最终成为这个国家第一位菲尔兹奖得主。同样的故事发生在另一位菲尔兹奖得主吴宝珠身上，这位名字颇女性化的男士是 1988 年和 1989 年两届“奥数”金牌选手，在法国取得博士学位后，于 2010 年为越南赢得了第一枚菲尔兹奖牌。

这样的细节，或许会改变我们对国内“奥数”过热的批评。但香港浸会大学数学教授汤涛有不同的认识。他注意到作为“奥数”金牌最强国，在数学最高奖上，我们比不过那些金牌小国，如巴西、越南、伊朗、澳大利亚等，他们的金牌变成了金奖，而我们的菲尔兹梦仍然是个梦。他认为与金牌总数那些耀眼的指标相比，信念和兴趣才是问题的本质所在。

我虽非数学教师，但对国内的“奥数”热也有所了解。孩子往往是出于升学压力被奥数，没有数学天赋的孩子，在此过程中充当分母，自信尽失；有天分的孩子，也多因“奥数”的“中国特色”——浓重的功利色彩和操作过程中的种种问题——丧失了对数学的兴趣。令人惊异的是，“奥数”在中国还有一个变种“奥语”，其与真正的语文学习、文学阅读的距离，不可以道里计。

每个人对幸福的理解各异，但幸福无疑应包含这样一种：天赋得到发挥，从而感受到自身存在的价值与巨大的精神愉悦，如米尔扎哈尼所描述：“最激动人心的，总是找寻到新知识的那一刻。这就像站在群山之巅，一览众山。”帮助每个人找到自己的天赋，感受这样的幸福——“人”以此成为“人”，甚至是比原来更好的“人”，即找到自己，进而超越自己，无疑应当成为教育的一个本质性目标。

法国宗教思想家西蒙娜·薇依曾谈及如何将学习与对上帝的爱结合在一起：“其关键就在于带着注意力去祈祷。所谓祈祷，就是用尽灵魂所具备的全部注意力，向上帝靠近的行为。”对于未必具有宗教情感的我们来说，此处的“上帝”，可以置换为最高真理，或神秘宇宙的本源，或真善美的集合——如科学史奠基人萨顿所述，真善美如三棱锥塔的三面，在最高处融为一点。而每个人靠近上帝的方式或路径是不一样的，找到自己的那个领域、那条路径，灵魂才能集中全部注意力，向上帝靠近，内与幽深的自我，外与无垠的宇宙相通。诗歌、音乐、科学、园艺……凡此种种，不分贵贱；关键在于找到灵魂所在，之后全神贯注，上下求索。

因此，对自我尚处于蒙昧中的少年，为其提供在不同领域中比较尝试、认识自我的时间、空间、机会，就变得尤为重要。我曾询问就读于家乡一所重点中学的亲戚，有没有他特别喜欢的学科，他说没有。早晨五点多到晚上十一二点都排得满满的日程表，已经摧毁了他学习的热情。语文课是全班同学最喜欢的，原因是好脾气的老师不介意他们睡觉或做其他作业。他的回答让我意识到，“寻找灵魂”云云，于升学困境中的大部分师生来说，仍无异于痴人说梦。

7. 发言是学生的义务吗

一般而言，教师都喜欢积极发言的学生、气氛活跃的班级。碰到沉闷的班级，教师不得不自问自答，自说自话，深觉尴尬无趣。同事间交流时，常对此颇有怨言。

近日听说的一件事，促使我对此有所反思。朋友的孩子早慧，常有惊人妙语；善叙事，且常以图配文，乐在其中。最近朋友找老师交流，老师说孩子其他方面都不错，但有一个很大的缺点：上课不喜欢发言。他建议朋友做做孩子的工作，并强调“发言是学生的义务”，孩子应该“阳光积极”些。此前听朋友说过这位老师非常出色，不看重分数，肯花时间从细节上培养孩子做人、学习的习惯；说话简洁，真诚幽默，深得孩子们喜欢；教学上深谙孩子心理，课堂有趣也有效。不过当他把发言上升到“学生的义务”这一高度，并要求孩子都“阳光积极”时，我还是不敢苟同。

课堂发言，旨在培养学生积极思考的习惯和口头表达的能力；学生可在发言中锻炼自己，提高能力，这毋庸置疑。但有没有这种可能：学生对一个问题有自己的思考，并形成了完整的表述，却由于种种原因而保持沉默？口头表达的基础，是内在的思维和语言，口头表达只是将其外化而已。最终没有外化，并不必然对应内在的某种缺失。学生可能觉得这个问题没有价值；他认为自己对这个问题的思考很肤浅，不值一说；他的想法之前发言的同学说过了；他喜欢多听听别人的想法，然后对自己的想法进行补充修正；家里出了点事，他注意力没法集中；他今天有点累，不想说话；他天性沉默……

学生有沉默的原因，更有沉默的权利。一位刚从澳大利亚交流回来的同事告诉我，澳大利亚孩子在课上的自由度，完全超出了她的想象。你绝对不能要求学生“闭嘴”，同样，你也不能强迫学生开口——发言是权利，沉默也是权利。

每个学生都有其特殊的表达方式，有的是歌唱，有的是绘画，有的是精心培育一株植物，有的甚至是沉默：他在沉默中幻想，思考，所想所思凝为文字，其价值可能远高于课堂上未经沉淀的只言片语。两千多年前，侍坐的弟子们面对老师“各言其志”的要求，子路“率尔而对”，冉有、公西华被点名后方作答，曾皙则在旁鼓瑟不绝，孔子问及他时，才“舍瑟而作”，说出自己的“沂水春风”之志。不同的性情，不同的志向，在不同的发言方式中得到展现：曾皙的瑟声，正是他与众不同的心志的最好表达。

发言，如同鸟鸣花放，应当顺其自然。一旦被鼓动，甚至上升到“义务”，就会出问题。作家莫言在诺贝尔文学奖获奖演说辞中讲述了一个故事：在 20 世纪 60 年代学校组织参观的一个苦难展览中，莫言和同学们在老师的引领下放声大哭。为了能让老师看到他的表现，他舍不得擦去脸上的泪水，他还看到有几位同学悄悄地将唾沫抹到脸上冒充泪水。但有一位同学却没有哭，对此也不加掩饰。事后，莫言向老师报告了这位同学的行为，为此，学校给了这位同学一个警告处分。多年之后，莫言因自己的告密向老师忏悔，老师告诉他，那天来汇报此事的，共有十几位同学。那位被揭发的同学早已去世，莫言的忏悔并不能带来内心的解脱，他由此悟出一个道理：当众人都哭时，应该允许有的人不哭；当哭成为一种表演时，更应该允许有的人不哭。

当众人都发言时，应该允许有的人不发言。当众人都阳光时，应该允许有的人不阳光——每个人都有乌云笼罩的时候，为什么要强求所有人都始终阳光积极呢？当所有人都努力地表演“积极向上”时，实情却是风雨如晦，万马齐喑，历史的教训还不够吗？

世界丰富多彩，人也如此。有人活泼外向，也有人沉静内敛；有人开朗积极，也有人忧郁凝重。如果学生都成了林黛玉，那我们的教育一定出了问题；但如果学生都成了史湘云，就一定是教育的成功吗？教育者如果硬要让雏菊长成玫瑰，即使抱着最大的善意，也违背了教育的规律。自然界的规律是保留多样性，而非趋同；教育亦然。让孩子们按照自己的本性成长，我们所要提供的，只是阳光、雨露与足够的空间。

8．让孩子们睡会儿吧！

当老师的，恐怕都遇到过这种尴尬：正讲到激动处、精彩处，突然瞥见一个打瞌睡的学生。有的还强打精神挺身端坐，但眼睛已经睁不开了，头更如鸡啄米般，直往桌面戳去；还有的干脆放弃对抗，趴在桌上，呼呼大睡起来。

一个呼呼大睡的后脑勺，难免会让教师不快与沮丧。刚工作时，我也会对此有些介怀，但这些年来，我不再批评睡觉的学生了。

首先该问问自己：我的课足够精彩与高效吗？一般而言，学生很少主动放弃课堂，往往是课的乏味与低效，让他们不自觉地昏昏欲睡。更重要的原因是：学生实在是太累了！尤其是高中生，一般六点左右就要起床；如果这一天能在十一点前上床休息，就算是很轻松的一天了。像劳工一样"鸡叫做到鬼叫"，只是"做活"变成了"做题"。

我曾见学生在早读课上累得睡着了，也曾见到上午的课间，一个班有三分之二的学生都趴在桌上睡觉。曾有学生告诉我，她常常熬夜，有时甚至能看见"第一缕曙光"，我心疼得说不出话。我还曾听一个幼儿园的小朋友对同伴说："我们赶紧拼命玩吧，等上了小学，就没时间玩了！"

上了学以后就拼命学习的孩子们，书包越来越沉重，脸上的表情也越来越沉重。付出了这么沉重的代价，孩子们的体魄和精神，却并未随之强大。其实，睡一会儿又怎么样呢？ 我们开会或听讲座时，不也常犯困吗？即使是很精彩的发言，听几个小时也会让人疲倦；而孩子们不是听几个小时，是连续听一整天，这样听好多年。

允许孩子们打会儿瞌睡、走会儿神、发会儿呆，给身体一点喘气和调整的时间，给性灵一点休憩与生长的空间，跟让学生在课堂上一直正襟危坐、保持高度紧张相比，哪个更人性化，更利于学生的健康成长和长远发展呢？有小学教师得意地介绍经验：她的数学课，所有小朋友都不敢走神，甚至连眼珠子都不敢乱动。因为一旦有学生“开小差”或“讲小话”——800字的检查；辩解一句——1600字；两句——再翻倍。这样的老师会成为小朋友一辈子的噩梦吧。可是教学效果很好，她班上的成绩，总比其他班高出几分，她也因此获得许多荣誉；她甚至还跟语文老师开玩笑：“他们语文学得好，也得归功于我让他们写检查。”

“累了就睡会儿吧，没关系的。”我说。学生都认真地看着我，包括刚才打瞌睡的那位同学。

9. 让学生“跑动”起来

读陈日亮老师《我即语文》一书，最喜欢的是很特别的一辑：“断想——关于语文教学及其他”。这类“断想”，日积月累，不求速成，不弄玄虚，自有深意。

其中一则介绍德国的一节小学体育课：整节课只教了几个舞蹈动作，而且没有几个学生能做到动作规范。但教师认为学生“基本会跳”即可，跳得快乐就行。一节课让学生至少跑动了两千米，完全达到了锻炼的目的。陈老师从似与语文毫不相干的体育课中，得到三个启示：只要掌握住“基本会跳”的原则；未必要人人做到规范，也许不一定都能够做到；要让学生在课堂上多“跑动”，“跑”个痛快就行。最后得出结论：“多引发思考和激发想象，就是语文课的‘多跑’”，“语文课程并不是真理课程，而是行为课程”。

回到自己的教学实践中，这则断想颇给我启发与鼓舞。课堂上，文学社活动中，我常组织一些短小活泼的语文活动，从学生的反馈来看，是能“引发思考和激发想象”的。这类活动之后，我总觉得应当有所总结，让学生有所收获，却发现效果并不好。我急于从某次活动中总结出的规律，往往或是对活动中自己和学生发言的简单重复，或是一些知易行难的语文方法的反复强调。可能是我水平有限，但更深层的原因，是急于将“源头活水”梳理成线性的科学规律，那活水就在线条与框架中漏光了。重复的废话，尽人皆知的套话，不如不说。于是我停止了这类吃力不讨好的总结，课似乎不完整，却止于不可不止，保留了活气与开放性。

陈老师的思考，使我对自己的做法多了些自信：课堂上的充分“跑动”，才是最重要的。在充分的“跑动”（听说读写）中，在积极的思考和想象中，养成习惯，获得素养，这些比“总结”重要。即使是高水平的“总结”，对学生来说，最重要的依然是还原到语文情境中，将“真理”落实为“行为”。

这样说，并非要否定规律总结与理论建设的重要性。但语文教学真的有那么多规律和理论可总结吗？总结出来的就是放之四海而皆准的真理吗？更有名师、学者热衷于提出概念，建构体系，将丰富多变的语文硬塞入自己的“体系”，那些体系经得起时间的推敲吗？这个时代名目如此繁多的“××语文”，会不会沦为后人眼中的笑话？

翻看教育类专业杂志，常惊诧于老师们如此擅长总结“一二三四”。细读下来总觉得有些问题。比如谈语文教学应如何“寓教于情”：一、情境催情；二、文字悟情；三、朗读宣情。谈探究文本应于“精彩处审美”“关键处着力”“疑问处探究”等。这类总结实在谈不上有什么新意。什么样的教学论文有价值，我不敢妄议，但论文总应提供些新知新见，当不是苛求。还有老师试图以“动词开发”“实现语言与情感的相互邀请”，看似玄奥，其实只是谈动词的重要性及如何品味动词。目前广受诟病的课题研究，最擅长的就是此类总结与拔高，且必须在短时间内取得“阶段性成果”。学者郑也夫曾撰文指出语文不同于科学的“清晰、规律、有序、系统化、线性化”，将语文科学化的尝试收益小，损失大。试图将语文科学化毕竟还是一种学术探究；急于求成以得利则是另一个问题了。

至于如何让课堂“多引发思考和激发想象”，同样是“行为”问题，而非“真理”问题。首先，教师应善于思考与想象，而思考与想象绝不是“一二三四”的总结能带来的，必须有如朱光潜所说的对人生世相的敏感、对语言文字的敏感。这种敏感固然有天赋的差异，却也可“习得”：从生活中来，从阅读中来，长久的积累化作“断想”“闪念”，对抗思维的僵化和感觉的钝化，烛照课堂，也烛照自己的人生。教师如果将阅读和写作局限于“一二三四”，却希望课堂生机勃勃，无异于缘木求鱼。

10. 你们教了我们什么

刘瑜在《牛校牛在哪》一文中介绍哈佛的“核心课程”：学校提供给本科生一系列基础课，学生必须从中选出几门作为必修课，目的是“让学生在进入知识的细枝末节之前，能够对他所置身的世界有一个框架性的理解和探索。这样当他置身于自己的专业时，能够知道自己所学习的，不过是一个巨大有机体里面的一个毛细血管”。这些核心课程分成七个板块：外国文化、历史、文学、道德判断、数理判断、科学、社会分析。其丰富的课程清单，让刘瑜感慨：自己曾就读的哥伦比亚大学与之相比，只是“小巫见大巫”。

据说美国现代通识教育起源于20世纪20年代的哥伦比亚大学，其他大学（包括芝加哥大学、哈佛大学）的通识教育都是从哥伦比亚大学的模式演变而来的。毕业于美国圣约翰学院的纪语曾于《中华读书报》撰文介绍该校的通识教育，更可给我们这方面的直观认识。

圣约翰学院在美国以极端的通识教育著称，四年都不分专业。所有课程基本都是必修，均是原典阅读和由教授带领的十几人的小班讨论，课程的核心是贯穿四年的经典阅读讨论会。纪语罗列出的书单令人惊叹：大一有荷马、柏拉图、亚里士多德、索福克勒斯、埃斯库罗斯等古希腊的作品，大二有古罗马到文艺复兴时期的《圣经》、塔西陀、奥古斯丁、阿奎那、马基雅维利等，大三包括近代的笛卡儿、弥尔顿、卢梭、休谟、康德，大四有黑格尔、尼采、托克维尔、托尔斯泰、海德格尔等人的著作。

在我们满足于通史、概论简明而清晰的纲要时，通识教育却如此强调原典阅读。前者无疑是快捷而有效的获取知识的方式，但并非获取思想的方式。更何况通史、概论也有高下之分，我们的教科书“主题先行”的缺陷，使其在提供知识方面都不能尽职。对原典的阅读和讨论，看似模糊而低效，却可以让学生感受到思想“在诞生时期的混沌和挣扎”，历练人的智性和性情，通往个体和群体的真正自由。而圣约翰的一位教师对理想中的通识教育的定义，正是“关于自由的教育”。

“原典阅读”让纪语认识到自身的局限：他以前的很多小聪明和创造力，是真正只能用一个“小”字来形容的。他的另一位同学则如此概括：“在读那些书之前，我一直在沉睡。”当我们对世界有“框架性的理解和探索”，即整体观照之后，就能意识到自己与所学专业的“小”，就能对世界与他人都心怀谦卑，懂得敬重，懂得自制。这或许正是“人之为人”的根本，是人道主义的起点，自由的起点。

作为高中教师，我和同事都感慨课程的“碎片化”。教材本身往往缺乏整体观，七零八碎，连专业的整体观都无，遑论如前所述的对世界的整体观。即使教材在整体观方面比较科学，教师也常以肢解式的授课方式，将其“化整为零”。更糟糕的是，连知识的碎片都没有，只有题目的碎片。接受完基础教育的学生，以为自己有了坚实的“基础”去应对多变人生与复杂社会，殊不知那“坚实”只是一堆碎纸片，风吹即散。

我敬重的一位前辈曾说，他最担心的是，将来的某一天，年轻人如柔石般前额亮晶晶的，惊疑地圆睁了眼睛：“你们究竟还有什么没告诉我们？”这个问题太沉重，我不敢想。只集中到教育方面，我怕年轻的学子将来会质问我们：“有那么好的教育，你们却教了我们什么？”这里还有一个问题：前辈们有能力，却由于种种原因而不能有所作为；到了我们这一辈，即使想有所作为，却连这能力都丧失了。我们自己也在无知的碎片中长大，这缺陷，必将影响到对下一代的教育。教育是慢的，结果是在将来，无论这果是善还是恶。

据说国内的一些大学在通识教育方面已经有了一些有实效的尝试，但愿这“一些”能变成“许多”，领域也不只局限于大学。

11．他没听讲，但他在阅读

最近一个星期的课堂，有个学生总是埋头看书。问他读的是什么，他把书的封面给我看——是鲁迅的杂文选。

碰到这类事，我很少责备学生。责备也未必有用。他也许收起了书，但那颗心却未必收得回来。与其让他心有不甘地作“认真”状，不如让他快意地读几篇鲁迅的杂文。再则，学生上课去读其他书，原因可能比较复杂；在我，则要反思，何以这几节课对他没有吸引力。

可能的原因有多种：实在是太喜欢鲁迅的作品，觉得胜过语文教科书；高一年级规定的必读书目里有鲁迅杂文，他没来得及读完，上课时继续看；他也许认为近期语文课内容浅了；他可能对我的教学不感兴趣，不适应我的教学方式；他的阅读和写作能力超出了同龄人，常规的课程让他有饥饿感……

比之高中语文课上的另几种状态，我倒宁愿他读鲁迅。有些高一学生不知受什么影响，语文课偷偷地做“有用”的理科习题；负担太重，困倦至极，或昏昏欲睡，或强打精神；从不读文学作品，只读教辅；自觉地将课堂分成两部分——应试与非应试，对前者聚精会神，对后者自动屏蔽。

而这位上课读鲁迅杂文的学生，语文能力并不低，我听过他富有激情的朗诵，他的作文总有自己的见解，表达也有特色；他按时交作业，也能顺利通过考试；他课外活动很丰富，摄影和绘画都很不错；更重要的，是他上课看课外书从没妨碍他人……在我的课上，他也常聚精会神，倾听我和同学们的交流，也常提出有价值的问题。作为任课教师，我还有什么不满意的呢？语文学习的天地很广，方式很多，学生如果已经具备了自主学习和探究问题的能力，完全可以选择对他更适合和有效的方式。他可以读鲁迅，可以读《红楼梦》，可以读普希金；可以到田野中去感悟自然，也可以在星空下思考人生；可以在宁静的书斋里“声声入耳”，更可以对社会百态“事事关心”。这位学生还曾告诉我他初中时的经历：王小波、柏杨、龙应台教给他的，远远超过初中老师讲授的那些议论文写作技巧；而他那些受到老师称赞的作文，无一不源于课后“翻闲书”“乱读”得来的灵感。

认为只有通过自己的课堂，学生才能学好语文，是狭隘和可笑的。我的教学会比鲁迅作品更有价值？我的教学必定是最有效的？如果离开了我的课堂，学生就不会或不愿学语文，没有了阅读的热情，那恰恰说明我教学的失败。从某种角度看，班上多几个不听讲而痴迷于鲁迅的学生，更让我欣慰：如果学生只肯听讲、背书，只想习得一堆应试技巧，却不爱阅读，没有求知欲和思考力，那种教学又有什么值得称道的？

曾听林贤治先生说，“文革”前他读中学时，不是那种循规蹈矩的“好学生”：上课常常迟到，甚至缺席；在课堂上也不专心听讲，不是在课本上“涂鸦”，就是偷看课外书；不把老师布置的作业放在眼里，有一个学期，干脆一份语文作业也不交。他不在乎成绩，只痴迷于自己的阅读与写作，在那个充满精神桎梏的年代，为自己创造出一个自由的精神空间。他这样描述自己投入阅读之后的狂热：“简直可以把一个人烧成灰烬。”那些曾让他燃烧的文字，就有鲁迅的全部作品。也许正是同样的文字，几十年后，又点燃了一个少年的心。

我并不奢望自己的学生中会出现鲁迅或林贤治那样的人物，况且培养作家、学者并不是基础语文教育的目标。我只希望自己的学生中多一些精神明亮、热爱阅读的少年。我希望他们通过阅读了解人生可以如此壮美，而天地本就如此宽阔。教师的胸襟有多宽，学生的天地就有多大。这“胸襟”里，也应当包含对学生“不听讲而读鲁迅”的尊重。

12. 让种子长在田野上

每年教师节，都会收到许多感谢和祝福，今年也不例外——这是教师这个职业特有的幸福。其中有两位刚毕业的学生的信让我格外关注。

仇同学告诉我，因为他高中三年的语文课笔记记得最详细，课后与老师的交流也多，一直有同学来问他老师曾推荐过哪些作家作品。他建议我开个博客，他们上我的博客，就可以了解老师最近在读什么书，思考什么问题，就好像又回到了我的课堂。

朱同学则告诉我，他读的是一所普通的高校，而当年与他中考成绩相近的同学，留在家乡读县中，很多都考取了名校。但他并不觉得遗憾或后悔，因为这三年他学到了更有价值的东西。为高考强记的那些生僻字的字音、阅读题的答题模式都遗忘了，记住的是经典作品中的文学之美、思维之趣。他说记得曾有学长将我提及的作品整理成书单，问我能否给他一份，并烦请老师继续向他推荐好书。

他们的信引发了我一些思考。在应试压力下，中学生的阅读现状堪忧，且有逐年滑坡之势。我们常常抱怨学生基础差，还不肯好好读书。但他们来到我们的课堂之后，我们有三年的时间可有所作为。如果他们离开学校时，我们仍抱怨他们不肯好好读书，缺乏人文素养，应当反省的就是我们自身了。

可做的事很多。比如用好课文，让学生品味到语文之美；比如推荐好书，打开学生的阅读视野；比如写读书心得，办读书交流会，“奇文共欣赏，疑义相与析”……但近年来，我意识到比这些事更重要的是，教师本人应当是一个真正的读书人。

所谓真正的读书人，并不是说教师在读书的视野和深度上要如何出色，甚至达到专业学者的水准。我所说的“真正”，强调的是对读书的纯粹的热爱，读书的多少与深浅倒在其次。有些教师总以为学生不如他聪明，其实孩子的心最敏感，眼睛最明亮。在课堂的对话中，从课后的只言片语中，他们很容易对教师的性情、教养做出准确的判断。教师如果口口声声劝学生读书，自己却很少甚至几乎不读书，如果总是强调读书能带来种种“实际”好处，往往会在自己都忽略的细微处表现出虚伪和庸俗。这些都落在学生眼里，教师却还不自知。

这样的教师，将对学生产生什么样的影响？有一部分学生是幸运的，他们已经建立起自己的精神家园，能自觉地拒绝负面影响，自主阅读，独立思考。但也有不少学生将对这样的教师的判断延及社会整体，小小年纪，就有了一双世故的冷眼。

如果学生在教师的引领下爱上了阅读，获得了教养，看人看事都会与平庸者不同。朱同学说，他来到那所陌生的大学，在图书馆的一角发现了一部老师推荐过的小说，静静地站在书架上，仿佛正等待他的到来，他觉得陌生感一下子消失了；老师们也都学有专长，为人亲切，他觉得很愉快。他决定在这四年里继续人文阅读与思考，为自己找到一条最适合的路，当然这条路还要有利于社会公众。我为他感到高兴，与那些怨天尤人的青年不同，他懂得从并不优越的环境中学习、感悟，懂得欣赏老师和同学的长处，更重要的是，他在努力成为一个具有独立思想、自由精神的公民，成为一个对自己和社会负责的真正的“人”。这些正是坚持不懈的阅读与思考带给他的，也是教育给他留下的最有价值的内容。

我把学生整理的书单发给朱同学，又推荐了几本最近在读的书，也请他向我推荐好书。我告诉仇同学，由于种种原因，我没有开博客，其实他们已经有了思考与判断的能力，不需要再依赖老师了——根已经扎下了，枝叶自会向天空不断生长。

让种子长在田野上。我们此时耕耘，收获的是未来。

13．高考后的阅读

前几日有毕业数年的学生回来看我。

他告诉我，自己在上海某高校学经济学，除了专业学习外，他将大部分时间放在了人文阅读上。高中时老师推荐的一些书，当时没有时间读，现在陆续补上，获益良多。我问他是哪些书，他说除了文学名著，还涉猎了如汉娜·阿伦特的《黑暗时代的人们》《极权主义的起源》、萨义德的《知识分子论》等一类书，对独立知识分子、极权主义等关涉现实的重大主题，有了一定了解。读书的过程则如同树的生长：沿着一位作者、一本书、一个主题深入阅读，延伸阅读，就如同枝叶围着主干不断生长，在阅读中，生命的根基深入土壤，枝叶则朝着自由的天空舒展。和周围的同学相比，他有一个相对自足的精神世界，对未来也有明确的规划，因此少了许多盲目和浮躁。

他还说起同在上海的几位同学经常联系，交流阅读心得。到对方宿舍去，第一件事就是看看书架上又多了哪些新书。有一位高中时代热爱诗歌的同学，现在学的是计算机专业，生活的两大内容即编程和写诗。他在数学语言和诗歌语言间徘徊，乐而忘返，还为自己找到了理论依据：据说诗歌和数学同为人类最古老的发明，牧羊人计算绵羊只数的需要产生了数学，祈求丰收的祷告衍变为诗歌。自己在这两大发明中获得的宁静和喜悦，虽千金而不易。

听了这些，我很为他们高兴。许多学理科的学生在高中毕业后就停止了人文阅读，除了专业书、英语书之外，基本不读书。他们的精神成长就此停滞，甚至日渐倒退——高中时获得的有限的人文滋养很快干枯，精神园地一片荒芜。即使是学文科的学生，或囿于本专业，视野狭窄，或受社会风气熏染，急功近利，能沉潜读书者，少之又少。整个社会的读书风气则日趋快餐化，娱乐化，恶俗化，商业化。

语文教育如仅仅着眼于考试，将造成何等严重的后果，这本是常识，也是教育界人士的共识。但知易行难，工作在教育一线的老师们，都知道分数和升学率是如何让常识不“常”，共识不“共”的。如果多年的语文教育仅仅为升学服务，高考将成为语文学习的终点。如果让语文教育回归它的本质，高考将是一个新的起点——高考之后，学生将进入更自由、更辽阔的阅读天地与生命空间，还有可能将这种自由与辽阔带给更多的人。

我曾向学生推荐齐邦媛的《巨流河》。不久前有学生告诉我，她向自己的父亲和一位好友推荐了这本书。心里藏着许多往事的父亲说，读完书能更好地理解祖父那一辈人了；好友则坦承她虽然考入了众人向往的清华大学，但之前从未有过真正的阅读，《巨流河》开启了她人生新的天地。

辑 四

敬畏之心是如何失去的

1．“人”是目的而非手段

公开课上，一个学生高高地举起了手。他平时很少发言，这次可能是想积极表现，支持老师。他以往有限的几次发言，都冗长散乱，不得要领。是鼓励他的热情，还是考虑课堂效果，无视那只高高举起的手?

这是一位有些口吃的同学。课上，你请同学们按顺序回答问题，轮到她时，她有些紧张，好一会儿说不出话。旁边的同学有些不耐烦，而这节课还有很多内容没有完成。是请她坐下，还是给她些鼓励，并耐心地等待?

做出正确的选择并不困难。回到“人”，回到常情常理即可。如果你是那位学生，你希望老师如何对待你?学生高于课堂——尊重孩子，保护他们的心灵，比一节课的成功重要得多。

曾听闻咄咄怪事:一名考生，父亲两个月前发病逝世，家人、老师、邻居一直对他死守着这个秘密，直到他走出高考考场，才知道自己再也见不到父亲。一位运动员，外公外婆去世，母亲也身患肿瘤，为了让她安心比赛，父母竟瞒了她整整八年。

高考高于“人”，比赛高于“人”。每个阶段，总有一件压倒一切的大事，其重要性超出了亲情，甚至超出了生命。面临选择时，回到一个人基本的情感、理性，即回到人的常态，竟被视作非理性、非常态。

当常态与变态互换位置后，我们的社会与学校能培养出什么样的人?曾看到一位国家级电视台的记者，面对刚刚经历灾难的孩子，追问她失去亲人的感受。高等教育并没有使这位记者具有人的基本修养。也许他认为这是他必须完成的工作，但他忘了，如果没有恰当提问的能力，不如保持沉默。对采访对象的尊重，比完成工作更重要。

“人”应当高于“利益”，高于某项具体的工作。而当比较者换成信仰、艺术、科学等对象时，做出正确的选择将变得更困难。

我曾向学生推荐法国作家尤瑟纳尔的小说《王福脱险记》。这个具有东方背景的故事描述了画家王福与学生林的故事。林的妻子因林变心（林喜爱王福为妻子所作的画像而多于妻子本人）在忧郁中自缢而亡，王福最后一次给她画像，因为他“喜欢死人脸上覆盖的绿色”；而林忙着调配颜料，因为这件事要求他聚精会神，以至他“忘了流泪”。林为保护师傅挺身而出，结果被士兵砍头而亡，王福悲痛欲绝，同时却注意到弟子的头如“一朵掐断茎的鲜花”，并且赞赏其“洒在绿石地面上艳丽的红血迹”。

我的本意是让学生理解：艺术使艺术家获得一种超越世俗的审美态度；它甚至可以使死亡也成为一种审美对象。学生却对我提出了尖锐的批评：一向反对将“利益”等置于“人”之上的老师，此时却把“艺术”置于了“人”与“生命”之上。他们不能接受林对妻子的态度：比“利益”高尚的“艺术”“信仰”等，就可以高于“人”吗？我接受了学生的批评：将“人”视为通向某个目的（无论其高尚或低俗）的手段，结果将会如何，已有史为鉴。

“人”，高于一切。“人”本身应当是目的，而非手段。教育工作者尤其应当牢记这个原则，因为我们所做出的选择，决定着我们的未来。

2. “育人”还是“驭人”

亲戚中有一个乖巧可爱的女孩，脸上总带着甜甜的笑。去年她上中学了，我发现她脸上的笑容越来越少。最近一次见面，她显得心事重重，完全失去了那种开朗甜美的气质。

她告诉我最近的烦心事。她的英语老师很看重成绩，对达不到他要求的学生，他这样来惩罚：将试卷狠狠地扔到地上，让学生在众目睽睽之下到讲台前来捡。初一的孩子正处在敏感的青春期，对这种“示众”非常在意，所以每逢考试，大家都战战兢兢，全力准备，不敢稍有疏忽。有一次英语考试，她觉得自己考砸了，非常担心，好几天一直想着如何才能避免当众受辱，茶饭不思。那天她终于想出了一个好主意：主动到办公室去找老师认错，然后把试卷拿回来。这成了她那天最重要的任务，可是她在课间一共跑了四次办公室，都没找到英语老师。那份试卷依然悬在她的头顶，随时可能狠狠地砸下来。

我没问她后续如何。何必问呢？不管试卷以什么方式回到她手中，老师的目的已经达到了。学生因为恐惧，一心要把他那门功课考好。——不是“学好”，是“考好”。至于会不会影响孩子的心理健康，影响其他学科的学习，则不在他的考虑范围。

同事的孩子读初中，遇到了一位相似的老师。这位数学老师很厉害，能把普通班教成重点班，是许多家长求之而不得的“好教师”。他一周的课大部分用来考试，我惊奇地问那他用什么时间教学？同事苦笑着回答我，这位老师自有一番高论：“在考中学，考试是最好的学习方式。”每次考完，他排出名次公之于众，让后十名的学生起立示众，请同学们围观并鼓掌，美其名曰“鼓励”。后十名的学生深觉羞辱，只能拼命考好——老师就是这样把成绩“揪”上去的，且得到了领导的表扬和大部分家长的认同，因为他们只要结果，却并不在意以什么样的手段达成那个结果。

这些老师是从哪里学得这种“驭人术”的？是自己也曾如此被“驭”，如今熬出了头，便变本加厉地还给自己的学生？在目前的教育评价体系里，这样的“驭”又非常有效，随之而来的名利，更让这些老师乐此不疲。他们成功地把“育人”变成了“驭人”。

或许不该苛责个体，也不应仅从教师的个人经历去寻找原因。比个人经历更具影响的是社会氛围。善于驭人者，会用比肢体暴力、语言暴力更可怕的寒冷和恐惧，冰冻住每个人的灵魂。这种恐惧层层传递，终于到达最为敏感脆弱的孩子的心灵。戕害一旦造成，就无可挽回。即使恐惧的根源有朝一日消失，恐惧仍将持续。有一位小说家这样描述经历了巨变后的俄罗斯社会：“日复一日，周围的恐惧冰冷如冻，颤巍巍地凝成浓稠的一团。人们不知道自己害怕什么，但非常害怕，忐忑不安。保持恐惧的法则仍在起作用。”

我们能否切断恐惧的链条，给孩子隔出一个安全的角落？哪怕只是一间小小的教室，一个小小的角落。

3. 被“战争”毁掉的一代

每年都会读到不少关于高考誓师大会的新闻，有些学校换成“成人礼”“百日总动员”之类的名目，但内核都很相像：充满了战斗气息——“冲刺”“誓师”“苦战”等词汇必不可少；而学生的激奋呐喊中所表现出的狂热与盲从，也让人想到一部社会学名著——《乌合之众》。

这些孩子都是“90”后，在他们的记忆里，不曾有战争、革命与暴风骤雨般的政治运动，为何却能如此轻易地融入这样的话语系统与行为模式？

德国汉学家顾彬曾介绍“二战”期间德语遭到了空前的破坏，歌德、席勒、黑格尔的母语被暴力化，成为斗狠和杀戮的锐器。“二战”结束后，德国在整理焦土的同时做了一件非常重要的事：清理德语，清理其中的暴力倾向。“文革”结束后，我们做了很多整顿、改革的工作，却没有清理“文革”语言，以致今天的日常生活、学校教育、网络语言中，“文革式”的暴力语言随处可见。我曾在一所名校的高考百日誓师会上见到这样的标语，听到这样的口号：

> 彻声鼓，撼天雷，士气如虹战不怠。一鼓作气势如虎，翘等百日题名还。
>
> 珍惜一百天，奋战一百天，拼搏一百天！
>
> 我们行！我们能行！我们一定行！

如果没有“百日题名”这样的提醒，我一定会以为自己穿越到了几十年前，或是在某个传销会的现场。

岂止是高三，从小学到高中，孩子们都沐浴着“血雨腥风”。他们虽未经历战争，却一直被灌输你死我活式的战争意识。高三的老师这样鼓励学生为“一分”奋斗：一分就是几千人，你前进一分，就干掉了几千人！低龄段的孩子，则“不能输在起跑线上”。旅居德国的自由撰稿人卡乎发现：一套原名为“学会相处”的美国童书，在中国出版时更名为“长大我最棒”。丛书分为15册，包括：礼貌和友善、倾听和学习、学会分享、注意安全、诚实和坦率、接纳和认同他人、理解和关爱他人、懂得和遵守规则、尝试和坚持、帮助和给予等。这些内容不仅跟竞争“谁最棒”一点关系没有，恰恰相反，它们所强调的是分享、认同和包容的多元价值观。卡乎一开始因“长大我最棒”之名，误以为这套丛书又是一套劣质的国产童书，原因很简单：西方的现代文明教育不会灌输给孩子这种狭隘的竞争观念。

而我们的教育教给孩子的不仅是狭隘的竞争观念，而且是残酷的斗争意识。在这种斗争意识里成长起来的孩子，不但要最棒，而且要比其他孩子棒很多，甚至把别人踩在脚下才心满意足。他们考试得了第一后会小心翼翼地打听第二名是多少分，如果分数差距很小，就怅然若失。他们表面上温文尔雅，骨子里却是好斗的狼，是披上了“教养”外衣的所谓“精致的利己主义者”。

近一百年前，德国少年雷马克在“一战”的炮火声中反思战争，反思教育。战后，他写下小说《西线无战事》。在这部自传色彩浓郁的小说中，他回忆被班主任坎托雷克的军国主义教育鼓动参军的同窗贝姆的死，并追问“坎托雷克们”的责任：他们本来应该是少年走向成人世界，走向工作、责任、文化和进步世界，走向未来的介绍人和引路人，他们应当和更远大的判断能力、更加合乎人性的知识联系在一起。然而这些成人却只教给了少年“战争”。本该热爱世界、热爱生活的少年，学会的却只是向这个世界“开炮”；他们只相信战争，再也无法相信一切神圣的事物。“以后还会发生什么事？我们将会变成什么？”“如果我们有一天站起来，走到我们的父亲们面前，要求说明情况，他们将会怎么办？”有这样的反思，有“二战”后对战争思维和暴力语言的清理，才有了“学会相处”而非“你死我活”的现代文明教育。

一切孩子的问题，几乎都是成人的问题。应当反思的是，我们给了孩子什么样的世界，提供了什么样的教育。雷马克在小说开篇写道：“这本书既不是一种谴责，也不是一份表白。它只是试图叙述那样一代人，他们尽管躲过了炮弹，但还是被战争毁掉了。”如果有一天，我们的孩子中也有人写下这样一段话，只是在“战争”上加了个引号——我们该做出什么样的回答？

4. “无命运”的悲剧

近日读2002年诺贝尔文学奖得主凯尔泰斯的处女作《无命运的人生》，悚然心惊。

这是一部自传体成长小说。主人公克韦什是一个十四岁的犹太少年，在上班途中被捕后被投入著名的奥斯维辛集中营，后来又辗转至其他几个集中营。他适应了环境并生存下来，最后于1945年春与为数不多的幸存者重返匈牙利。

使我震惊的，并非纳粹暴行的残酷，而是作者叙述的笔调。与成人不同，克韦什当时尚未成年，且处在人格形成的最关键时期。“生存即顺应”的幸存策略，替代了之前的人文教育，克韦什将集中营中的一切视为自然，并不觉得反常与愤慨。当他回到家乡时，他意识到，这种“教养过程”是已结束了的、最终有效的、无可逆转的。

克韦什在集中营里待的时间前后约一年，但这一年改变了他的一生，在他与未经历过集中营生活的人们之间设置了无法逾越的鸿沟。他无法描述，解释，而人们也无法理解。在绝望中，他甚至怀着乡愁思念起了集中营，一种尖利、痛楚、徒劳的情感攫住了他的心：“是的，从某种意义上说，那里的生活更清楚、更简单。”悲哀莫大于此：集中营未催生对暴力、极权的憎恨与对抗，反而使人无可挽回地烙上集中营的印记，从此不自觉甚至主动地对一切取“集中营”视角，如凯尔泰斯所说：“我们永远不可能开始新的生活，我们只能够把旧的生活过下去。”

而许多少年正生活于其中的封闭教育，因高效应试被许多人称赏的所谓“军事化管理”“县中模式”，又会催生什么？

我曾听去著名学府参加暑期夏令营（高校的真实目的在于借此抢占优质生源）的学生说，她的临时班主任有个双胞胎哥哥，兄弟俩同在这所众人向往的最高学府。他们均来自河北省一所著名的超级中学。弟弟因高中三年太辛苦而得了胃病，哥哥则除了鼻子，满脸都是红红的青春痘。“他们付出了身体的健康，但成功地赢得了高考。”这是学生的结论。“付出的代价只是身体的健康吗？心灵和人格未受损伤？即使只是身体的健康，难道高考比健康重要？”学生面对我的问题，沉默不语，然后告诉我一些细节。双胞胎弟弟说高一时他很不适应，从高二起，他养成了一种自虐的习惯，学校的学习任务已经很重，但他还不断给自己加压。如今他还经常梦回那段令人窒息的生活，半夜从噩梦中惊醒。但他依然感谢那段生活，因为他与哥哥最终进入了向往的名校。

一篇广为转载的关于那所中学的报道这样概括其管理模式：“带橘子进教室受警告处分，生活精确到分钟，短裤和裙子要在膝盖以下。”报道中两位学生的回忆令人震惊：

不能退步，不能生病，不能顶撞，不能心情不好，不能慢，不能笑，不能和同学说太多话，不能走神，不能咬笔，不能总跑厕所，不能啊都不能……

每天 5：30 起床，5：45 之前必须离开宿舍，拿着书到跑操指定地点集合。跑操结束后，所有班级必须跑步上楼早读。6：38，班里的 80 多个人（当然除去七八个不吃早饭的）全部快速离开教室，时间之短甚至可以用秒来计算，为的只是能吃到早饭，因为 7 点前要回到教室上自习。如果去晚了，在楼道里堵 5 分钟，排队 5 分钟，来回 7 分钟，最多就只能有 3 分钟吃早饭的时间……在此生活了 3 个月，才明白什么是人间炼狱。

许多人评论这样的教育方式“泯灭了学生的天性，扼杀了学生的创造力”，但令人惊奇的是，在更多学生眼中，这样的管理方式很平常，还有人回忆起在学校的点点滴滴，觉得“那时的日子虽然很苦，但心情愉悦，有一种吃苦的幸福”。正如《无命运的人生》的结尾，克韦什这样说起集中营里的幸福 ：“是的，下次，我应该给他们讲讲这一点，讲讲集中营里的幸福，如果别人再问起我的话。”更有已毕业的学生这样总结 ：“成功就得努力，底层的成功尤其需要更大的甚至更疯狂、残酷的努力。教育需要一种必要的牺牲——这是由牺牲与获得的关系决定的。”关键是，我们牺牲了什么？牺牲了的，还有可能挽回吗？这些牺牲，对未来将产生什么样的影响？

据说，有著名学府的教授称赞集中营模式培养出的学生 ：“进入大学后，他们还是像高中时一样，每天早早起床，跑步，学习，知道自己该干什么。”他们真的知道自己该干什么吗？——他们思考过自己该干什么吗？他们知道“自己”意味着什么吗？

或许那位教授也正是这样成长的，取“集中营”视角，他误以为把握住了自己的命运。而实情却如凯尔泰斯所说 ：“我们将强加给我们的决定当成一种事实，自始至终地生活于其中，而不是生活在我们自己的（相对的）自由所带来的必然性中，我便称之为无命运。”

5. 敬畏之心是如何失去的

朋友告诉我一件事。她的外甥江就读于一所市重点小学，是典型的乖学生，未让家长操过一点心，老师也表扬不断。有一天，朋友儿子告诉妈妈一个“新闻”，江哥哥带他参观那所众人向往的名校，学校门口有块石碑，上刻“求真”二字，哥哥突然一改平时之斯文柔顺，恶狠狠地骂道：“求真个屁！”这个“新闻”让朋友非常吃惊，跟我讨论可能是什么原因让孩子口出恶言。

不计利害地追求真知真理，原本是非常好的价值导向。这个孩子正直善良，对学习也有浓厚兴趣，我猜想他并非厌恶“求真”，可能是看到了学校教育中的某些行为，恰恰与“求真”背道而驰。写在石碑上的“求真”，不过是个虚假的口号，因此用“个屁”的后缀，表达对这种假正经、伪崇高的愤怒。

假正经、伪崇高在教育中比比皆是，许多教师认为孩子年龄小，未必明白此中门道。他们忘了孩子的眼睛是最澄澈的，容不得半点渣滓。继续说朋友儿子的故事。孩子所在的班级，有了一次参加学校周一晨会的机会，主题是学习某位模范人物。班主任非常珍惜这个机会，精心撰写了演讲稿，晨会时打算让几位有表演才能的学生朗诵核心段落，剩余内容由其他小朋友齐读，充当“和声”。她将演讲稿放在家长的QQ群里，请家长督促孩子利用周末熟读成诵，以便周一时可脱稿展示班级风采。老师的话，家长不敢不听，朋友只好放弃带孩子外出踏青，宅在家里帮他背讲稿。孩子却不干，说他要做的不是记住这些东西，而是赶快把它们忘掉。他还说同学们并不讨厌那位模范人物，却讨厌那些赞美，只觉得肉麻。那晨会怎么办呢？朋友着急，孩子却成竹在胸，说自有办法。周一放学后，他告诉妈妈，自己在第四排，认真地张嘴闭嘴，但不出声，“滥竽充数”，无人察觉！

我感叹孩子的“智慧”，也相信他不会因此失去对真善美的崇敬：他依然尊敬那位模范人物。但是不是所有的孩子都能保持对崇高的敬畏之心？会不会有孩子对这类形式主义教育由厌生恨，进而抵制一切宣传？会不会因此嘲讽和消解一切真善美，进而随波逐流，甚至浑水摸鱼，分一杯羹？

有必要重温苏霍姆林斯基多年前的箴言：

不要教孩子去空讲漂亮的言辞，也不要让他们在没有任何需要付出精神力量的具体情况下，去表露强烈的感情。如果驱使孩子们按指定意思去表露感情，就会把他们培养成喜好吹嘘、不讲原则、只善于辞令的空谈家，也就是说，最终让他们成为冷漠无情的人。

6. 我们何时才有“小鲁的池塘”

每到开学，学生纷纷为难以完成的假期作业发愁，甚至有学生扬言要“炸学校”。尽管多有怨言，但要“炸学校”的毕竟是少数。更值得关注的并非这样充满戾气的狂言，而是另外一些逝去的生命。

诗人蓝蓝曾就学生因学业压力而自杀做过广泛调研，并呼吁教育改革。

改革之路艰难而漫长，曙光尚远。为了那些逝去的生命，我们还能做些什么？我所在的城市，曾有一个 17 岁的少年从教学楼纵身跃下，校方随即宣布该生自杀与学业无关。我还曾听说骇人听闻的一幕：在一所历史悠久的百年名校，一个少女从教学楼跳下。校方迅速清理、封锁现场，高效维稳，学校正常运转。斑斑血迹犹在，旁边的课堂书声依旧。

在学校的各种庆典中，在校史上，这些都被轻轻抹去，未留一点痕迹，仿佛那些生命从未存在，只在亲友心中留下永远的伤痛。我们不得不思考这样一个问题：对生命漠视，对创伤刻意回避和遗忘，这样的教育，给其他学生留下了什么？

因涉猎广泛的社会议题和主张深刻的生命教育，美国童书作家伊夫·邦廷的作品广受好评。与一般的童书作家不同，她不回避战争、死亡、病痛等主题，让孩子们在动人的故事中学习直面这些重大命题，让创伤愈合，让爱和温暖留存。童书《小鲁的池塘》中，“我”的好朋友小鲁因心脏病去世。小鲁的同学们为他写了一些诗，还把这些诗做成一本书。“我”的诗是这样的：“小鲁是我的好朋友，他一直是我的好朋友，永远永远都是。”在那首诗下面，“我”画上了小鲁和“我”都喜欢的蜂鸟。校长则建议除了写诗外，大家还应该一起做一件永远纪念小鲁的事。

老师说也许可以种一棵树，校长说做个喷水池也不错。最终，大家听从了“我”的建议：为小鲁砌一个池塘，因为他最喜欢池塘了。于是，在校园里，在“我”和小鲁常爬的那棵老橡树下，有了一个小小的水泥砌边的池塘。水泥未干时，同学们在上面写下了自己的名字，于是，小鲁的池塘就被大家围住了。同学们还用许多小石头、贝壳、植物装饰水泥边，让这个池塘看起来又温暖又漂亮。

校园里有这样一个池塘，胜过千万句关于“爱”的抽象劝导。我们可以想象：想念小鲁时，“我”就可以来到池塘边，摸摸那些漂亮的小贝壳，对着清澈的池水说说话。小鲁离开时，“我”非常难过，无法面对这个噩耗。在诗歌的抒写中，在池塘边温暖的阳光里，“我”觉得小鲁仿佛还陪伴在“我”的身旁。伤痛渐渐平复，留下来的是美好的记忆和永远的怀念。这真是最好的生命教育。

如今我们的校园越来越漂亮，许多“园林式”校园里，有花巨资移来的大树，也有人工挖出的池塘。但我们有“小鲁的池塘”吗？有为那些逝去的生命而种下的一棵树、一片小小的草地吗？我听说的最荒唐的挖池理由，不仅与“爱”无关，而且可笑至极：某位校长迷信风水，听说校园里有水才利于他的升迁，于是煞费周章，终将一片大草坪挖成个大水塘。因为是死水，过一段时间就要全部换水。鱼放一批就死一批，后来可能是异化了、适应了，有些鱼不仅活下来了，而且肥大得让人担心。

鱼适应了这样的水，学生适应了这样的环境，我该高兴还是难过？

作家筱敏曾撰文回顾德国的20世纪三四十年代与我国的20世纪六七十年代，最后提出了一个尖锐的问题：“我想我们有必要明白我们这块土地曾发生的事情，我们有必要回答那个总是被回避着的问题——这些坏人究竟是怎么教育出来的？”而我们今天的教育，又在培养什么样的人？钱理群老师关于“精致的利己主义者”的论断，得到了普遍的认同。这些冷漠无爱、自我中心的“精致的利己主义者”，究竟是怎么教育出来的？这是今天的我们无法回避、必须面对的问题。

7. 人生的底色

约同事喝茶，她向我诉苦，一个以前的学生早晨打电话说要来看她，来了后一坐几个小时，吃完午饭还迟迟不走，她只好告诉他自己还有事。学生又打电话联系其他几位老师，老师们有的在外地，有的要迟一些才有空。他又问我同事，附近哪里可让他歇歇脚，等迟一些再找其他老师。同事让他去超市转转，或到茶馆坐坐。她感慨这位已经大学毕业的青年，在为人处世上依然以自我为中心，很不成熟。

这位学生我虽未教过，也曾有耳闻，说来当年正是众人羡慕的那类成功少年。从小成绩优秀，一路读的都是名校。高中又进了重点班，因为竞赛成绩突出，被保送至清华大学环境工程系。大二时主动要求转至哲学系，毕业后就职于一家文化公司——卖教辅。

从环境工程专业转到哲学专业，是一个让人吃惊的选择，甚至是一个让人尊敬的选择。但这样的选择应该是深思熟虑、出于热爱的，这位青年却只是一时冲动，因为不久他又觉得哲学也并不适合自己，而此后的三年也没学到什么。最让我和同事吃惊的是，他竟然选择了卖教辅：教辅与哲学，其间之差异，不可以道里计。看来，目前的教育机制选拔出的顶尖人才，在认识自己和世界、同他人交往等方面，都不一定合格。

南开大学有一位数学教授曾介绍他的经验：那些一路竞赛选拔出来的所谓数学尖子，后续发展往往并不理想。他们进入大学后，或一心迷恋游戏，或思维刻板僵化，依然对数学有浓厚兴趣、有突出的学习潜力的，寥寥无几。他分析原因，可能是这些孩子本身就缺少对数学的兴趣和天赋，只是一路训练出的“做题机器”；或者本来有几分天赋，也在长期的刻板与功利学习中磨灭殆尽。

何兆武的《上学记》自出版以来备受关注。何先生在西南联大的求学经历很有意思，他先后就读于土木、历史、哲学、外文四系。何先生长期从事历史理论、历史哲学及思想史的研究和西方经典著作的翻译工作，这跟他“联大”时期广博而扎实的知识背景是分不开的。有趣的是，何先生高中阶段就读的中央大学附属中学，是我所任教的南京师范大学附属中学的前身；而花费两年时间记录下何先生这些讲述的三联书店编辑文靖女士，毕业于清华大学自动化系、哲学系。前述这位学生，虽有这些杰出校友做引路者，却不能如他们般在众多选择中找到适合自己的路，踏实前行。

但是我们能全责怪这个学生自己吗？在他幼年的时候，社会、家长、教师为他的人生涂上了怎样的底色？他一路读的都是名校，对教育稍有了解的人都知道，一个普通家庭的孩子，如果想走这条路，要上多少补习班，做多少课外题。他还有时间了解自己、他人与世界吗？这方面的能力一旦缺失，成年后想补也补不回来。同事说这个学生人生最辉煌的时刻可能就是被保送上清华大学，之后就一直走下坡路了。我想，其实[illegible]坡路——以为在往上走，其实是在原地踏步，甚至倒退，因为人更重要的[illegible]毁掉了。

基础教育，是为孩子们打底的。[illegible]色一旦打下，人生就很难明亮起来。

8．别把铁杵磨成针

外地的一位朋友打电话给我，讲述她最近的苦恼。

她的儿子在当地一所重点中学读初一，成绩优秀。但她并不引以为傲，反倒很为儿子的状态担忧。

儿子读五六年级时，遇到了一位喜欢的语文老师，在老师的带动下，读了一些好书，如程玮的《周末与爱丽丝聊天》系列。上了初中之后，他的阅读却停滞不前。期中考试前，朋友帮儿子一起复习语文，惊奇地发现，他的语文学习只剩下了背诵。除了教材规定的背诵篇目外，课文的理解、名著的阅读，竟然也都用背诵的方法去完成。如课文《我们的国粹——京剧》，老师替学生勾画出讲述戏曲流派、风格等常识的句子，要求学生背诵——复习这篇课文，就是背诵老师勾画的关键句。教材有意识地推介名著，选录作品原文，并配有“导读”。朋友发现孩子已经没有兴趣阅读原文，只把“导读”中的关键句背下来就算完事。考试前的家庭作业中，有一份竟是背诵现代文阅读的答题模式——这样的应试训练竟成了初一语文教学的常态！

更令朋友苦恼的是，这种阅读兴趣的丧失，也延伸到了其他学科。小学时，儿子曾买过一本《欧几里得几何原本》，对这样一本许多成人都未必有兴趣，也觉得艰涩的书，小小年纪的他却很喜欢，读得津津有味。现在上了初中，照理说，随着数学知识的增长，阅读的兴趣和阅读能力都会提高才对，儿子却把这本书丢在一边，置之不理了。

虽然丧失了阅读兴趣，孩子的成绩却一直名列前茅，在老师的“有效”指导下，上学期期末考试语文还考了班级最高分。一般的家长只关注成绩，碰到这种情况，不但不会认为孩子出了问题，还会觉得孩子上初中后用功了，老师的指导也很得当——孩子不读闲书了！但朋友却很担心，她决定暑假里和先生一起帮助孩子学语文：一起读语文课本，读读，说说；一起读经典作品，在一字一句的细读中品味语言，探讨主题，而不是把语文简化压缩成识记知识、阅读作品概述与机械答题。我觉得这样的做法很好，也希望他们的努力能重新唤起孩子对语文的兴趣。

孩子原有的阅读与探究问题的热情，是如何一步步丧失的？父母的努力还能“唤醒”或“唤回”那些曾有的灵性吗？那些孩子，一直往错误的方向生长[illegible]自己却还浑然不知；等发现问题时，就像庄稼被耽误了农时，已无[illegible]可。

一名高一[illegible]在作文里写道：

一个怀孕的母[illegible]想象着一个新的生命。她不知道这个新的生命有一天会念叨着“只要[illegible]拿满分”。也许他手上拿的就是能磨成针的铁杵。他日复一日、勤勤恳[illegible]把给他的铁杵磨成了针。他拿着这根针打开了那扇名为“高考”或“成[illegible]满[illegible]欢喜。

而门外是一片砾石，铺天盖地的苦难朝他涌来。他的手上，只有一根针。

但愿我们的工作不是把爱读书的孩子变成只会答题的书呆子，不是勤勤恳恳地指导孩子磨铁杵，甚至干脆自己动手去磨。孩子手里的那根铁杵，本是上天赐予的宝贝，可以像孙悟空的金箍棒一样无限延展，至少也可以制成很多根针，现在却被我们磨得只剩了一根针。

9. 单位名称在哪里

美国作家山姆·史沃普的《我是一支爱写作的铅笔》，介绍了他在小学教孩子们创意写作的经历。《黑鸟在飞》一文中，他带孩子们读美国诗人华莱士·史蒂文斯的长诗《观察黑鸟的十三种方法》。这是一首成人阅读也可能觉得晦涩与困难的诗，五年级的孩子们一开始更觉得无所适从。史沃普带着他们一个一个诗节朗读，讨论，创作。结果，孩子们的理解力、想象力、创造力都令人惊叹，创作出的诗歌真可说是天籁，具有来自自然与童真的最朴素的美、最强大的力量。例如：

围绕着树的世界
总是又忙又乱
但树以勇敢的心
静静地站在那里

两只鸟在一棵
树上。两个想法
合而为一。就好像
二者有同一个
念头。

我们能拥有这样的课堂吗？我觉得不难。有好的作品，有一个心态开放、能耐心聆听与适时点拨的教师，有一群天真的儿童，课堂就可以如此“天光云影共徘徊”。但当我读到这篇上课记的最后时，我却失去了信心，因为史沃普用了整整两个星期带孩子们与“黑鸟”和“树”共处。

两个星期的时间！课文怎么办？考试怎么办？有小学同行告诉我，他们已经习惯用一个月的时间来进行期末复习，每篇课文都要认真地过一遍，包括生字词、中心思想、各种手法等，课文以外，还有大量的阅读题训练。因为期末要参加区里的统考，考试成绩和排名，悬在每个老师的头上。我曾奇怪小学语文课堂为什么不能多一些课本以外的、有趣的童诗与故事，现在看来，真是太天真了。

我们的教育，正在把学习变成机械无趣的识记和训练；但现状还不止于此，我们正在剥夺孩子们的童年、青春以至人生。我对学生说，寒假要少给他们布置语文作业，他们听了漠然。有学生说："有寒假吗？"另一位学生接着问："有人生吗？"我说未来还长着呢，他们说："老师，我们现在想的只是活过今天。"高二的寒假已是如此，高三会如何，不难想象。

我原以为小学虽然也有统考压着，但总要轻松一些，这两天听说的一个故事，却让我几乎绝望。同事的孩子在读小学三年级。这个女孩原本开朗活泼，甚至有些粗心，大大咧咧，这两年却渐渐变得沉默忧郁。每天回家，常发愁作业做不完。她动作慢，那天迟至十点还未写完，同事让她别做了，说明天会去跟老师说明情况。那天晚上，同事被孩子的梦话惊醒："妈妈，来不及！来不及！"半夜，孩子起来小便，迷迷糊糊地找痰盂盖子，嘴里嘟囔的却是"单位名称在哪里"，显然还惦记着数学作业呢！

最出色的小说家也未必能想象出的荒诞情节，却是孩子们所要面对的冷酷现实。一份份的作业，一张张的讲义，成了孩子们童年的梦魇。诗人蓝蓝曾撰文讲述朋友孩子皮诺儿曹的故事。这个善良、热情、喜欢打乒乓球的小男孩，曾开玩笑说"我早晚死在作业上"。未曾想一语成谶，14 岁那年，皮诺儿曹因为假期作业没写完，害怕被老师批评或叫家长到学校，不敢去上学，在家中洗手间里上吊身亡。

我们总是强调，教育是慢的，十年树木，百年树人，这是就对人的培养而言。我们也知道，社会的进步是缓慢的，教育问题的根子，不在教育本身。我们要等待大的体制、环境的改善，并通过个人的坚守与作为，推进社会的点滴渐进。但教育的改革却不能慢，不能再等，因为我们付出的，是鲜血与生命的代价。一辆疯狂的马车，一路狂奔，颠簸抛下的生命，摔得血肉模糊。什么样的合力，才能形成一个有效的“急刹车”，拦住这辆疯狂的马车？

面对孩子们痛苦受伤的眼神，作为教师，我们不能掉过脸去。不但不能掉过脸去，还必须立刻有所行动：真的有必要布置那么多作业吗？能不能从原来的十道题中精选出五道，省下半个小时让学生多睡会儿？当然，这不能让现状有大的改变，但做一点是一点。更重要的是，必须如诗人蓝蓝所说，反思我们自身的问题：“应试教育是一面镜子，当我们反对它的时候，我们也要反对我们身上的等级观念，反对我们对普通劳动者的歧视，反对对‘成功者’和‘人上人’的崇拜，反对我们深藏的虚荣心，反对把自己的意志强加于孩子的暴虐，反对我们不尊重生命的野蛮。”

10. 苦恼

期末考试，我们借用契诃夫的小说名，请学生写一写自己的“苦恼”。学生的苦恼很集中，谈学习，谈考试，有些谈与父母的冲突，也都绕不开这个主题。内容雷同，表达平庸，我们读学生的作文也很苦恼。

静下心来一想，能怪学生吗？他们的生活里几乎只有学习、考试，除此之外竟无话可说，这不正是他们自己也为之苦恼，却又无力改变的现实吗？

有两位学生的苦恼格外打动我们。一位说每到周末，父母依然忙于工作。他们一出门，他就开始赶作业，这样父母回来时，就可以陪父母说说话。因为随着学习任务的加重，他们几乎没有了坐在一起聊天的时间。他认真地做了一天作业，对晚上那种轻松温暖的氛围的向往，消解了许多疲倦。终于，父母回来了，他笑吟吟地迎上去，换来的却是父母的呵斥——他们只要看到他没有坐在书桌前，就以为他又玩了一天！

还有一位同学则感叹说：“爸爸妈妈把分数看得比我的命还重！”读到这样的句子，我们的心似乎也被那个惊叹号重重地一捶。是什么样的经历，让这个孩子得出了这样的结论？父母表达爱的方式出了什么问题，以至于孩子竟产生了这样的错觉？

而同事向我描述的地铁上发生的一幕，更让听者心痛。一个打扮入时的年轻妈妈，带着一个可爱的小女孩乘车。可能是刚知道成绩，孩子考得不理想，妈妈非常生气。她当着其他乘客的面，把包里原本准备奖赏孩子的漂亮的头花、发夹等小玩意一样一样地摔在地上，一面责骂孩子：“你看你，让你上这么好的学校，却考成这样！给你买这些东西有什么用！”孩子则苦苦哀求：“妈妈，不要，不要……”原来漂亮的头花、妈妈的爱，都只是交易！等这个女孩长大了，会不会也在作文里写下：“妈妈把分数看得比我的命还重！”

听不少怀孕的母亲说，曾有许多关于孩子的幻想：聪明、漂亮、活泼……等真正怀孕了，就只希望孩子健康，其他都不重要了。是什么让除了孩子健康外别无所求的母亲，成了地铁里那位暴跳如雷的恶煞？是什么让把孩子的生命看得比自己更重的父母，成了唯分数至上的虎妈狼爸？

回到学生的作文：那两个孩子的苦恼，到结尾也没有解决。他们并没有刻意给这篇考试作文加上一个充满爱和理解的光明结尾，因为苦恼正是他们生活的常态。恐怕他们的父母也一样苦恼着，就如同此时的我，苦恼着，却无法挣脱，一起陷在这张苦恼的大网里。

写到这里，正巧听说一个新闻，某重点小学一年级的语文试卷最后一题是让孩子们说说自己的新年愿望。老师们原以为七八岁的孩子一定会有许多奇思妙想，结果却让他们很苦恼：排在第一位的愿望是考 100 分，第二位是学习进步，第三位是当班干部。

这真是一个令人苦恼的时代。

11. 读小说有什么用

读小说有什么用？

我猜想许多人的回答是：没什么用，消遣而已。在这类读者的眼里，读小说无异于喝茶时翻翻时尚杂志，因此不少家长和教师都视读小说为“看闲书”，一律禁止。当然，因为高考的现代文阅读要考小说，学生与家长又希望语文教师能给他们一把解读小说的万能钥匙——平时无须花时间读小说，考试时能按某种模式答题即可。这是中国教育独有的怪象，且不说它。

对做什么事都追求“有用”的学生与家长，我会推荐他们读意大利作家卡尔维诺的长文《为什么读经典》。卡尔维诺给经典下了十四个定义，对“为什么读经典”做了堪称经典的回答，举例时涉及许多经典小说。如果他们认为阅读这样一篇长文同样“没什么用”，我就会告诉他们小说家纳博科夫的答案：他坦承小说无用——不会在办公室、军营、厨房或婴儿室里帮上什么忙。但他接着强调，小说作为一个充满灵感的精致的艺术品，能给读者的内心带来纯粹的满足感与舒畅感。这些感觉将使读者意识到一个真理：“尽管生活中有各种各样的跌跌撞撞和愚笨可笑的错误，生活内在的本质大概也同样是灵感与精致。”

我有一位同事，是一位学养很高的理科教师，也有多年阅读小说的经验。但她这几年减少了小说阅读，理由是小说一般均要表达某个主题，而理解这些主题，不如直接去读哲学或社会学著作，较之小说文学化、碎片化的表达，理论著作的阐述直接而系统。我的另一位同事以莫泊桑的一篇小说为例回答了这个问题：小说的主人公自杀了，我们就不必自杀了，因为他已经替我们思考与体验了自杀这一重大主题。我认同他的回答：小说使我们突破自身生命的种种局限，去体验种种可能的人生，体会人性的丰富与生活的本质。这些不能被理论与知识替代的体验与感悟，超越了一时一地之“小用”，具有“无用”之用，是人生之“大用”。

旅美学者吴澧谈医患关系时曾提及美国哥伦比亚大学医学院的一门课程：要求学生在第二学年结束前必须修习“叙述医学”，其实就是阅读和讨论小说，增强准医生们的沟通能力。而美国医学院的入学考试在取消人文考题（以便容纳更多科学内容）多年之后，也于 2012 年 2 月批准新的考试计划：加入大量人文内容，目的是让未来的医生们能具备同感，体会病患心理。

美国法学家保罗·卡恩以《当法律遇见爱》一书，解读莎士比亚名剧《李尔王》，破除法治迷思。上海交通大学的法学教授郑戈在介绍此书时，引用休谟的论述：理性不具有促发行动的力量，它只能对行动做出事后的辩解，只有激情和爱欲才是人类行动的基本促因。郑戈由此判断：从这个意义上讲，文学作品比学术作品更能培养人的“情商”，也可以补充法律人乃至现代大学所生产出来的“专业人士”的情感缺失。我们很容易找到作品支持郑戈的这一结论，如陀思妥耶夫斯基的《罪与罚》、加缪的《局外人》等。

对于“有用”至上的读者，这是否可以增加一些读小说的理由？

12. 扭曲的骨骼

除夕，读两位前辈推荐的一本小说。开篇是曼德尔施塔姆的诗：

你带走了所有的海洋所有的空间。

你只留给我鞋子般大小的土地，而且拦着横杠。

你能因此怎样？无处可去。

你让我还有双唇，即便在缄默中，它们依然形词塑句。

几句诗，一下子把我带回了那个严酷的年代。

这是美国小说家特拉维斯·霍兰的《最后的手稿》。内容可一言蔽之：恐怖的“大清洗”。小说由出色的细节密密织成，如：

帕维尔匆忙把一个文件夹扔进焚化炉的时候，粉红色的捆绑带松了，里面的纸张飞了出来，一张又一张——是诗歌，帕维尔看得出来，成百上千首诗。其中一张是洋葱皮纸，透过火光可以看到页边空白处画满了精致美丽的小鸟。帕维尔可以想象，这些小鸟一定曾经飞落在诗人窗外的平台上。在火焰的肆虐下，纸张卷了起来。顷刻之间所有的一切，诗人、诗歌、鸟儿，全部消失了。

焚书坑儒、杀人如麻的黑暗时代，浓缩在这个火焰肆虐的画面中：对文明的野蛮摧毁，对生命的血腥屠戮。小说结尾，主人公想象作家巴别尔被逮捕他的脚步声惊醒的片刻：

巴别尔从睡梦中被惊醒，从床上爬起来站在窗前。暗黑的树，广袤无比、星消月隐的天空——一切是那么静。这正是那个隐藏着的世界的边缘。他的呼吸印在窗玻璃上。

无声而刻骨的恐惧，弥漫在深夜，我手脚冰凉，沉默端坐。窗外深沉的夜色中，依稀传来春晚的歌声。是不是也会有一只神秘的命运之手，攫住我的喉咙？

这样的细节和阅读感受，绝非一个简单的主题可以概括，这正是文学的价值。曾有学生问我："小说讲述的道理，往往一两句话就可以说尽。我知道那个道理就可以了，为什么还要花费时间读小说？"

我的回答是，主题与文本的差异，如同骨骼与鲜活生命的差异。正如"垂柳""落日"这样的名词，如果我们不能将其还原到生活情境中，并因之感受到生之欣悦，它们就只能是纸上苍白单薄的词汇。春风中，柳丝下垂，下垂，温柔地低垂入水——此之谓"垂柳"。密密的远树兜不住那轮夕阳，它坠落，坠落，越来越快——此之谓"落日"。

文学的魅力，即在于这样的还原和生成，使枯骨生肉，使逝者复活。莫言曾以"粮食"为题，讲述20世纪60年代发生在高密东北乡的一个真实的故事。结尾"卒章显其志"："这故事给我的启示是，母亲是伟大的，粮食是珍贵的。"如果没有此前故事的支撑，最后这个尽人皆知的启示，将一无价值。

反思我们今天的语文教学与考试所做的，却正是剔肉存骨、舍本逐末的工作，且留下的，往往是扭曲的骨骼。某市高三"一模"的现代文阅读，选了一篇谈雅俗的所谓"文化散文"，逻辑混乱，扭捏作态。选文如此姑且不论，单看其题目，有一道题请学生回答该文的论述思路。此类散文，主要表达方式并非议论，何来"论述"？说东道西，何来"思路"？学生却安慰我说，他们从小学开始学习各类答题套路，无论怎样刁钻古怪的题目，都能以不变应万变，从容应对。

同事参加儿子的家长会，一理科男介绍他此次考试语文胜出的秘诀：考前认真琢磨老师所给的记叙文与说明文答题模板，十分管用。也曾有朋友告诉我，她高中的语文老师自创一种树形图，什么课文都用这种树形图分析，还作为经验到处推广，得名得利，以致她今天一拿起文学作品，脑子里就长出一棵树，再也没有阅读的热情。

扭曲的骨骼，就这样扭曲着一代人的阅读。

13. 为什么“做梦也想当名师”

星期一的早晨，一位同事告诉我她上周末心情不太好。我问她为什么,她说上星期五精心准备了一节课,带学生读几篇文章,但效果不理想。学生委婉地提醒她：“这些文章，我们自己看也可以的。”她并未责怪学生不珍惜她的劳动成果，却反思可能是自己讲得太多，求全求细，长而无效的演讲不能入学生的心。

这位同事是一个很普通的老师，除了班主任和语文教师外，没有任何头衔与职务，我印象中她也没有得过什么了不起的荣誉称号。她这节课也就是无数节课中很普通的一节，没有领导或同事听课，更不是用来展示的“公开课”。但她在意自己的课堂，在意学生是不是能在这节再平常不过的课上有实实在在的收获。心里装着学生，对自己的职业怀有敬重感甚至神圣感，才会这样重视每一节课。

一个普通教师，其敬业精神让人肃然起敬。对照之下，有些名师反倒让人失望。朋友的孩子读初中，有幸受教于一位知名特级教师。一个学期下来，这位名师未曾给孩子们上过几次课。她太忙了！忙着出差，忙着开课和开讲座，却没有时间给自己班上的孩子好好上几堂课。她的课对孩子们来说，更像博物馆里的陈列品，高雅而精致，但亲近的机会很少。不过，这位名师至少还是带班的，孩子们也很喜欢她；大部分名师往往教而优则仕，身兼行政职务，平时不上课，一年精心打磨一两节课，然后以全国巡演的方式上十几遍，一节课的出场费抵普通教师一两个月的工资，真可谓名利双收。他们基本上过着空中飞人的生活，周末不在开课，便在前往开课城市的路上。这样的成功影响了许多教师的价值观：曾有一位编辑朋友告诉我，他收到一篇稿子，题目是“我做梦也想当名师”。

我曾有幸聆听一位小学名师的课。课如何且不论，她最大的问题是把自己的课放在了学生之上。组委会考虑课的连贯性，两节连上，80分钟不休息，我认为已经很过分。孩子们要上厕所怎么办？小学的孩子注意力集中那么长时间，也很困难。学生的健康和安全是最重要的，上厕所和休息，比一次成功的公开课重要。结果这位名师不但上足了80分钟，还拖堂40分钟，上了整整两个小时，恨不能把一篇课文上成一门课程！最后，她还要求学生在日后面临人生的重要转折点时，想起她，想起今天的课。我中间出去一次，走神若干次，可怜的小朋友们却一直端端正正地坐着，被一两千老师围观，还要积极配合老师的表演。上完后，她还沾沾自喜，对老师们说，她今天的课，是对以往的突破，真正做到了“以学生为主体”。

还有一位名师，为人和善亲切，很能和学生沟通，却偏偏是个话痨。在学生读书、思考的环节，他不停地说话，提醒学生这啊那啊，还提醒台下的老师注意他的教学安排，情境不分，对象不分。他一边说智慧是在宁静中收获的，一边喋喋不休，简直不让学生有一分钟安静的时间。在那节课的最后，他安排了一个写作环节。我想总算可以安静几分钟了，没想到就在学生开始构思的同时，他又开口了：“老师们，我用孩子们写作的这几分钟，向大家介绍一下我的教学思路……”我不知道坐在台上的小学生们有何感想，也由衷地佩服他们在如此干扰下，竟然还出色地完成了写作任务。对这位名师来说，这四五十个孩子和他的粉笔、课件一样，不过是表演的道具而已。

我曾和一位朋友讨论名师的价值，他说名师的价值在于示范，普通教师可方便地移植甚至复制。如果复制的是这样的课堂、这样的教育观，那么名师还是越少越好。

常听同事们讨论孩子的教育问题，他们得出的结论是：希望自己的孩子遇到一个普普通通，真正爱孩子、爱课堂的老师。让名师们通过公开课润泽天下吧，孩子们还是期盼一位每天守护他们、陪他们一起成长的老师。

14．“得尺进寸”

参加一次规格颇高的教研活动，听了两位名师的公开课，颇为失望。

第一位课的整体架构且不说，只说一两个细节。课的开头，她选了一位哲学大师的格言来为所教的课文作注。大师的话总有些深奥，但她没有请学生读读说说，也未就这句话与文本的联系做任何解释。她引用名言，颇像学生作文用此类材料涂脂抹粉，是为“用”而“用”，意在告诉大家：“我是读过这位大师的！”

接着，她匆匆前行，学生精彩的点评她无心回应，文本也没有时间细细揣摩，只在她预设的思路上赶路。快下课时，她告诉学生，有一个知识她一定要让大家记住，她今天的这节课，最重要的目的就在于此。我和学生一起期待她展示一段高论，结果投影上呈现的竟是中学语文界的一位知名专家关于如何阅读这类文章的一些常识。常识也就罢了，这段话的文风是典型的“浅入深出”，玩弄概念。学生本来知道如何阅读，读了这段话，反而会无所适从。她还请学生齐声诵读这段话，并把这段话牢记在心，用到以后的阅读中。之前哲学大师的格言很短，她也没有舍得分出一点她表演的时间请学生读一读；此处却花了几分钟，让学生来领悟专家的所谓高见。这位专家也参加了这次教研活动，我不由得想，他如果在现场，会如何看待如此露骨的献媚。后来听说，专家说他辛辛苦苦培养的弟子们让他很是失望：“他们的课我都没有勇气去听，只能拿着光盘自己回家看。”看来专家还是有判断的。不知道这节课有没有被刻录成光盘，如没有，那这位老师的献媚可就是白费工夫了。

第二位将一篇回忆童年、略带感伤的散文，上成了一堂活泼热闹的诵读课。这也可以理解：教师对文本的理解有个人差异，使文本解读和教学方式呈现出多元开放的格局。问题在于这位老师并不是让学生自己揣摩如何读，而是将课文打在投影上，添加类似“万分惊喜地”“天真地”“执着地”一类提示语，让学生按提示语读出文字中的情感。我不清楚如何才能读出“天真”“执着”的意味，看来学生也不明白，只是往夸张的方向去努力。其实，学生读得如何也不重要，因为老师觉得那样太费时间，干脆直接范读，于是我们都欣赏了这位名师出色的朗读。后来我发现，她的读和写的教学环节，指向的都是自我表演。最后，她出示一副对子，概括对这篇散文的阅读感受，仅留了两个空请学生填写。匆匆找了两个学生填空之后，她未做停留，便声情并茂地诵读她准备的答案，沉醉于自己的文采斐然。

我常诧异，这些名师胆子真大，开了这样一些自毁式的课，依然自信满满，到处示范。后来我想明白了，他们的目的本就在于“秀”，至于课本身如何，并不是他们关注的重点。到处活动，混个脸熟，得名得利。日程很满，活动很多，即使原本还有些积淀，也损耗殆尽。课上成这样，也就不足为奇了。

有位摄影师曾这样评论中国当代的许多摄影作品：毫无个性和真诚可言，却充满唯美化和装饰性语汇；致命的缺陷在于不研究本体，光研究怎么把东西吆喝出去。比如拍一个喷薄欲出的太阳，把它拍得特别美，回头好贴在网络上给人看，好去参加评奖。摄影者在意的并非太阳本身的美与个体独特的审美体验，而是被观看与得奖的快感。我听公开课，也常有同感。课往往如浮华的文化大散文，充满唯美化和装饰性的概念、活动，文本与学生被撇在一边；教师在意的，是吆喝，而非课，更不是研究。研究需要时间，需要沉静的心境，且不一定有回报；吆喝则可快速地成名成家。

我瞎操心，忍不住替名师们担忧：混一时容易，但长远来看，这样的课，这样的人，如何立得住？有没有可能在通过“吆喝”成名之后，再坐下来读点书，补点课，提升自己，成为真正有价值的名师？细想下来，却觉得很难。大凡有些价值的事物，对人都很苛刻。你长久地对它不管不顾，回头再去找它，它也不会理你。读书思考的习惯、心境一旦失去，就很难重拾，更何况这些名师很可能从未养成静心阅读与研究的习惯。

关于社会改造，胡适曾提倡“得寸进寸，得尺进尺”的点滴渐进。专业素养的提升，也是如此。我们甚至应当有“得尺进寸”的耐心与定力，才能打下坚实的基础。读了一点名言，学了一点理论，就如刘姥姥般满头戴花，则无异于“得寸进尺”。底子单薄，行能远乎？

15. 什么是“语文味”

参加一个级别颇高的培训，听一位语文名师评课。

他介绍几种评课方式，一一指出其局限性，然后介绍他自己的评课方法如何客观严密，符合学理。我理解力有限，感觉他把一些简单的道理用概念和术语包装起来，反而让听者糊涂。细听下来，前后也颇有矛盾之处。

他批评一位教师教梁衡《跨越百年的美丽》时让学生依据文本分析“居里夫人美在何处”，认为这不是语文。我想，梁衡先生写作此文，首要目的就是向读者传达居里夫人独特而高贵、富有精神内涵的美。如果类似问题缺少“语文味”，那“语文味”到底是什么？脱离文本大谈其他问题，做过度延伸，可视为忽略了“语文味”；紧贴文本对文章内涵进行探讨，同时也关注其表现形式、表达技巧，这正是“语文”。令人费解的是，这位名师谈及说明文教学时，却又批评了传统的教学方法：学习说明方法、说明顺序、语言风格等。他认为，我们在日常生活中阅读说明文，目的在于搜寻信息，不会注意其使用了什么说明方法等，因此教学重点应为搜寻信息。以他的逻辑，我可以回答：普通读者阅读《跨越百年的美丽》，目的在于理解这“跨越百年的美丽”，因此教学重点放在分析“居里夫人美在何处”，完全合理。前一课例，他认为语文教学应体现出不同于阅读常态的语文性；后一问题，他又提出要按阅读常态设计教学重点。

同样的矛盾，还表现在他对小说教学的分析。他批评有些教师津津乐道于小说使用了哪些描写方法，有什么作用，并以自己的阅读为例：

自己正沉迷于小说曲折的情节，浑然忘我，有人拍拍他的肩膀，问，这段使用了什么描写方法？——他几乎要跳起来揍人。他认为语文教师经常充当的，就是这种“拍肩膀”的角色。我部分认同他的观点：以烦琐分析肢解小说，破坏美感，导致学生失去阅读兴趣，我们应当引以为戒。那小说究竟该如何上呢？他介绍了自己的四要素分析法：文学作品的四要素为世界、作者、文本、读者；在文本中分剥出四要素；把握四要素在文本中的具体呈现；理解四要素之间如何转换。“四要素说”出于美国文论家M.H.艾布拉姆斯的名著《镜与灯——浪漫主义文论及批评传统》，这位名师未就这一点做任何说明，可能认为听者都熟悉西方文论，不会误以为他有掠美之心。不过，如果我读小说时有人要求我这样分析小说，我也想揍他；但这并不代表我反对理论家或教师这样分析小说。这也是小说阅读法之一，但只是之一，不必每篇小说都如此分析，更不应苛求所有教师都这样上课。

要回答什么是“语文味”，或许不必如此纠缠细节。钱理群老师关于语文教学提出了一个基本标准：“表现为每一个学生听、说、读、写能力的实实在在的提高，以及在这一过程中，学生的感悟力、理解力、想象力、审美力的实实在在的提高，从而达到人的精神的实实在在的成长。”这或许就是“语文味”准确而朴素的概括。至于一篇具体的课文应当教什么，怎么教，可以因文本、因教师、因学生而异，丰富而多元，只要教学内容指向前述基本目标，就是合宜的。

我们还可以看看一些国际课程对“语文”的定义。例如国际课程之一种——IB课程（全称为国际预科证书课程），是由国际文凭组织为高中生设计的为期两年的课程，不以世界上任何一个国家的课程体系为基础而自成体系，广泛吸收了当代许多发达国家主流课程体系的优点，涵盖了其主要的核心内容。在IB课程中，以中文为母语来学习的课程不叫“语文”，名为“语言A：文学”，是一门纯文学课程。该课程认为：“文学与我们对世界的概念、诠释和体验息息相关。因此，文学研究就是探讨人们日常生活中的追求、焦虑、喜悦和恐惧的复杂性的表达方式。文学研究使学生能够对这一经久不衰的人类创造领域进行探索，并给他们提供开展独立、创新、具有批判性和清晰思考的机会。另外，它也提倡用想象以及用敏锐的眼光去理解和诠释文学作品。”在我们为“语文味”是什么纠缠不休时，IB 课程将通过文学培养社会洞察力、审美力、想象力视为最高目标。我们为了保持所谓纯正的“语文味”而远离种种人文关怀，忘了让学生通过作品关注社会，思考广义的政治等人文主题，正是培养其洞察力、思辨力、表达力的最好方式，而要求语文“远离政治”，其实是对某种政治环境的迎合，恰恰贴近了政治，丢掉了学科的中立。如今学生思维的僵化、平庸、浮浅，正体现出这个方面的巨大缺陷。

如果在这些根本观念上不能正本清源，而只在细枝末节上大做文章，批评他人，并急于建构自己的所谓理论体系，还要别人都唯他是从——那位名师身兼校长（不知道为什么，名师往往教而优则仕），他甚至要求该校教师都以他的统一句式开始对一堂课的评价。这样的过程中，丧失的恰恰是纯正的“语文”。

辑 五

读着读着，天就亮了……

1. 找到教育的原点

《如果我当教师》[1]选编自《叶圣陶教育文集》，杨斌老师围绕“今天我们应该怎样当教师”，精选七辑文章，引导我们重新发现叶圣陶。

我并未像读一般的教育学论著般，从头到尾，循序渐进。倒像读散文集，翻到哪里是哪里，十分钟即可读完一篇。选文都可独立成篇，篇篇有收获；如有时间连读几篇，又觉前后贯穿，自成整体。叶圣陶的文字以平易亲切的谈话风著称，读起来很轻松，绝不需要“硬啃”。不知不觉中读完全书，留在心头的却并不轻松。

我特别关注的有两个时间点。一个是1919年。本书中收录的文章，最早写作时间为1919年，有谈小学教育的数篇。将近一个世纪前的文字，今天读来却毫不过时，其中谈及的有些问题，今天反倒更严重了。我们该感慨作者的远见卓识，还是遗憾时代的停滞不前？在《今日中国的小学教育》一文中，叶圣陶注意到一些教师，最勤恳的功夫便是参考古典、罗列考据，做教科书的注释家。他认为学生受这样的教授，不用功反倒是造化。因为如此“死读书”，不但将幼年的宝贵时间白白耗费，而且盲从的习惯一旦养成，根性难移，“喜明辨”“爱真理”的可能性便渐渐澌灭无余，将来只能随波逐流，毫无主见。

再看今日之教育，不进反退。从前的“死读书”，今日更退化成了“死做题”。我的一位同事把科学思维的培养放在首位，课堂上重视过程，不喜欢直接教授结论，而喜欢与学生一起探讨知识的来龙去脉，注意那

①《如果我当教师》，叶圣陶著，杨斌选编，教育科学出版社2012年5月版。

些现成的结论与复杂的真实环境的差异，以及可能的变数。学生从小到大已经适应了“讲结论——做例题”的授课方式，对这样的探讨很不习惯，希望她的课能节奏快些，效率高些。有些学生干脆把探讨的时间用来做自己的事，等她出示习题，才回到课堂上来——他们认为课是从习题开始的。有时候一节课也没等来一道例题，就抱怨这节课“完全不知道在讲什么”。

语文课堂也存在这种情况。朋友的孩子就读于一所名校，他的语文老师喜欢与学生一起细读课文，并延伸至相关作家作品的讨论。年级里其他老师却已经自动链接高考，按知识点来上课。学生和家长因为均分比其他班级稍低，对这位老师很不满。今天想做一个教科书的注释家，学生和家长都未必满意——他们要求的是高考试卷的注释家。教师如果还想进一步追求培养思维和情感，提高学生真正的语文素养，必须承受来自各方的巨大压力。

另一个时间点是20世纪80年代初。高考恢复几年后，学校开始重视升学率，不少学校最后一学期不上课，全用来复习备考。叶圣陶认为这样做不符合教学规律，“学习不是为应付考试为强记，而是要让学生把所学的东西真正消化，使之成为自己的血肉，能终身受用”。这本是教育常识。不过，如果老先生今天说这番话，恐怕要被认为不合时宜了。同样是在一所名校，有教师提出以后从高考当年开始复习，之前还是扎扎实实上课。当即有资深教师表示反对，认为这样的建议很不慎重，如要实施，必须有实验班与对照班，以后是否继续，视实验效果而定。他所说的效果，当然是指高考成绩。结果这个建议不了了之——用半年时间复习，竟然也成了可望而不可即的理想！

1981年，《中国青年》刊登了一篇调查摘要——《来自中学生的呼声》，杂志社将杂志寄给叶圣陶，希望老人能发表一些意见。老人听家人读完后，一改平日的温和，激动地写下《我呼吁》，呼吁教育部门各级领导、学校、家长、编辑们合力抵制片面追求升学率的种种怪象。他呼吁中学领导停止种种有害学生身心健康的行为：分设快慢班，给毕业班指派把关教师并规定指标，尽量多发复习资料，无休止的种种考试，尽量提早准备高考的时间等。他呼吁报刊编辑不要鼓吹哪个学校升学率高，不要宣传高考成绩优秀的学生；呼吁出版社不要再印行各类教辅，甚至不要再印行假期作业，因为这将侵害学生应得的休息权利。三十多年过去了，种种怪象不减反增，每个教育工作者都身在其中，难辞其咎。我们该如何面对老人饱含真情的呼吁？

“爱护后代就是爱护祖国的未来”，叶圣陶用文字，更用实践守护未来，在教育史上留下了光辉的篇章。通往未来的路，有时要回头去找——重读叶圣陶吧，他将帮助我们找到教育的原点。

2. 路虽远，但就在脚下

一个母亲把孩子交给世界，世界将还给她一个什么样的“人”？

张晓风在散文《我交给你们一个孩子》中提出了这样一个严肃的命题。人们称赏其文其情，却很少思考：面对孩子，作为“世界”一部分的“我”，应承担什么样的责任？

有一个特殊的人群，更应当以宗教般的虔诚与热情，思考这一问题，并付诸日复一日的实践。这个群体，就是教师。因为学校是孩子面对的“世界”中如此重要的部分，说是“奠基性的”也不为过。

一个活泼快乐的孩子走进学校，我们能否让他保持太阳般的明亮，同时也学会安静地倾听与思考，慢而清楚地表达——在气质中加进月亮的温柔与沉静？

一个暴躁不安的孩子，我们能否让他安下心来，渐渐地信任老师，信任同伴，进而相信世界，相信自己，逐渐拥有安全感与自信——世界终于逐渐明亮起来，安定下来？

一个孤独内向的孩子，我们能否让他克服先天的羞怯，逐渐打开自己，展现自己丰富的内心世界，同时也在与他人、世界的交流中学习，成长——深沉的湖绿、清澈的天蓝中，加进明丽的黄，甚至炫目的红——自我、他人以至世界，都充分地呈现出流动、变幻之美？

……

佐藤学《静悄悄的革命——课堂改变，学校就会改变》[①]一书，为

---

①《静悄悄的革命——课堂改变，学校就会改变》，〔日〕佐藤学著，李季湄译，教育科学出版社2014年11月版。

我们提供了方向：一所理想的学校，不是“一切都明确规定、热热闹闹的学校”，而是“能从容平和地、安心地学习的学校”。

很多学生“背着满满一书包的烦恼来到学校”。他们需要的是这样的教室：“每一个人都情绪安定、性格开放，向自己和同伴的潜力挑战，每个人的个性虽有不同，但从这种差异出发，大家更好地开展着相互学习。”

建设（创造）这样一间教室，应该成为每一个教师的梦想。准确地说，不是梦想，而是职责。我们应该将张晓风的命题提升到更高的层面：世界创造了生命，把他交到了我们的手中，我们将还给世界一个什么样的“人”？这生命中，也包含了我们自己：我们将在什么样的生命状态里，确立自己作为一个“人”的价值？

本书更重要的价值，是告诉我们如何去实践。路虽远，但就在脚下。星光在远处，在高处，有许多专家、学者为我们描绘出乌托邦式的远景与美景。但从暗地走到开阔光明之地，需要一步一步踏实的努力。脚下的这一步，该如何迈出？接下来又要怎么走？佐藤学不是那种坐在书斋里闭门造车的学者，他“丢开一切抽象的语言”，“与教室里的学生和教师同呼吸”。没有居高临下的傲慢刻薄，没有故弄玄虚的深奥空洞，只有谦卑真诚的态度和具体实在的探索，指引方向的同时，也教我们怎么走好脚下的每一步。

“老师和妈妈都骗人，说学校里很快乐，都是撒谎！”“还不如在家里打电子游戏好玩！”怎样帮助学生克服这种普遍的厌学情绪？

“下面怎么办呢？”“那种‘下一步怎么办’的焦虑，我是太理解了！”教师在课堂上为什么有这样的焦虑？如何真正地倾听和理解学生？

一节公开课结束了，教师如释重负，总算“做完了”。一项教学实验（课题）结束了，成果印成了小册子，又开了研讨会，总算可以休息一下了，“教研呀，得过一段时间再说了”。为什么教学研讨不能成为可持续的、愉快的常态？好的研讨应该是什么样的？

综合性学习如何展开？佐藤学所倡导的“活动、合作、反思”究竟如何体现？“海洋中的生物”“云怎样产生？”“霜柱为什么会产生？”在这些丰富的主题性学习中，孩子们的知识、能力、品质如何提升？教师的作用何在？如何发挥？

较之专家们那些高深的课题，这些才是我们的日常教学必须面对的问题。佐藤学的回答是朴实而具体的，如本书标题“静悄悄的革命”，虽志在革命——根本性的改变，态度和方式却是静悄悄、不事张扬的。作为“付诸行动的研究者”，他“每周去各地的学校访问，幼儿园、小学、初中、高中、养护学校等，看过数不清的教室，在各个教室里观摩，近 20 年来一直如此”。因为“一次演讲而使得学校或授课有所改变，还从来没有过”，所以他原则上拒绝演讲的请求，而是作为教室中与大家共同生活的一员，和教师们交流课堂的实际情况，分享有趣与丰富的部分，也探讨困惑与解决之道。与那些“只会带着一堆纸上谈兵的理论进教室，通过单方面臆断教师们工作来体现自己的生存价值”的教育专家相比，佐藤学的研究真诚而具体，慎重而宽容，具有与其人其文高度统一的品质。

这样的品质，吸引我在疾驰的高铁上，用两个小时阅读完了本书。接下来的一个多月里，工作之余，我又将本书重新细读与梳理了一遍，做了详细的笔记。在以后的漫长岁月里，这本书还将静悄悄地影响我的课堂、我的生命。

就在阅读本书的过程中，同事告诉我她孩子的数学老师在课堂上用真实的钱币创造情境，讨论一个数学概念，并邀请家长共同学习，使我联想起本书中原田老师讲述“分数”的案例。这位数学教师是受了这个案例的启发吗？也许是。不过更大的可能是，富有热情与智慧的一线教师，所见略同，不谋而合。“静悄悄的革命”，正发生在我们的课堂上，虽然问题还那么多，困难还那么大。热爱自己的职业，甚至从中体会到宗教般的神圣感，自然就会做出种种努力变革课堂，提升品质。我国台湾的李玉贵老师告诉我，她把自己每天的课录下来，做家务时回放给自己听，琢磨哪些地方可以改进。这是她自觉的“静悄悄的革命”，这样的革命，我们也可以日日践行。

北京大学的钱理群教授则倡导体制困局内的“静悄悄的教育变革”，“想大问题，做小事情”，“影响一个算一个，帮助一个算一个”：如果你在每一个班级里，影响了三五个学生，积累下来，就会影响上百个学生；还有许多老师和你一样做，就会影响上百万、上千万的学生，这是一个多么了不起的成绩。

佐藤学本人则如此定义“静悄悄的革命”——创建“学习共同体”的教育实践活动。当专家、一线教师、学校管理者、家长、学生携手构建起这样一个平等、开放、真诚的共同体时，我们就可以对未来多一些信心。正如本书副标题所言,“课堂改变,学校就会改变”。学校改变,“人”就会改变。

“人”的改变，才是社会进步的根本。

3. “走在孩子后面”的人

蔡兴蓉老师《走在孩子的后面》[①]一书，是“一个家教老师的观察笔记”，讲述了“60多个有血有肉、鲜活的青春少年”的成长故事。此前在蔡老师的博客上陆续读到过书中一些文章，这次有机会完整地阅读，感受正如本书封面所言，“教育他们是一件艰难而幸福的伟大工作”。——其实无论对象是谁，教育都是艰难而幸福的伟大工作。

蔡老师的经历很特别，是一个从体制内跳到体制外的教育者。这样的选择，隐含着对现行体制的失望及批评。在书中，我们仍可以瞥见这种失望及批评，因为虽然蔡老师跳到了体制外，但他辅导的这些孩子却依然在体制内，而且主要是在体制内。于是，我们读到了今日教育之种种怪现象：班主任为了提高成绩，竟在学习落后的孩子脸上写“笨”，或惩罚不服从的孩子半天不许上厕所；语文阅读变成了做“语文式数学题”，上厕所都在阅读的嗜书成痴的孩子却做不出阅读题；爱读书、好沉思、时有隽语的少年，一直写不好考试作文，在蔡老师指导下写出几篇“优秀”的套路作文后，一语道破此类作文的秘诀为“弯下腰来”；外人眼里品学兼优的少女，一旦成绩下滑，就要靠自残来缓解压力，而且要划旧伤口，甚至在伤口上倒酒精以增加痛感；曾在国外上学、快乐成长的孩子，在国内的重点学校却失去了笑容，失去了童年……

如果本书仅仅停留在此，意义也就有限。因为凡此种种，都不是深圳所独有；每位体制内的教师，都多少对此有感受，有认识，关键是此

---

①《走在孩子的后面》，蔡兴蓉著，教育科学出版社2012年7月版。

后的选择与作为。蔡老师的实践为我们“反抗绝望”做了具体示范：在自由活泼的教学中，孩子们的生命得以舒展，而教师的价值也得到最大体现。

他喜欢散步式教学，即如师生共同漫步，遇到美或有趣的景点，可随时停下，赏析讨论，广泛而自由，“每有新意，时有奇语”。比如上围棋课，学生觉得围棋与音乐很像，他就停下来与学生讨论两者的共通处，再谈谈艺术与科学的关系，谈谈罗素，顺便推荐萧伯纳的散文《贝多芬百年祭》与罗曼·罗兰的小说《约翰·克利斯朵夫》，学生当即把这两个作品记在纸上。最有效的教学当为这种有延展性的：从围棋延展到文学，从课上延展到课后。他认为这种教学能充分调动教师的知识储备和教学机智，也更能使学生心灵自由，想象勃发，他将这个过程称为“熏陶”。

他喜欢在游戏中教学。蔡老师多才多艺，通国学，擅围棋，爱讲故事，擅吹葫芦丝……不同的孩子有不同的兴趣，他似乎总能找到那个合适的点，寓教于乐，让孩子们忘记害怕和厌倦，在游戏中学习，在快乐中成长。他把学习与游戏穿插起来，如背会儿《三字经》，就讲会儿《西游记》或下会儿围棋。或者干脆把学习变成游戏，比如对怕写作文的孩子，用“半成品作文法”：给孩子一个好玩的故事或细节，让他往下接，鼓励“乱写”——一个有“作文恐惧症”的孩子提出要“乱写”的时候，真正意义上的写作可能就开始了。

他喜欢把教育变成生活，或者说在生活中教育。蔡老师热爱生活，前面所说的两种教学，都须以此打底。随处发现美和有趣，饶有兴致的“共欣赏”“相与析”，广博的知识，广泛的兴趣，都须以对生活的热情与敏感作为底色，此为源头活水。生活是广大的，蔡老师的教育也像生活一样广大、多变与自然。当一个孩子对种种游戏都无动于衷时，一只巴西龟替老师的教学打开了缺口。蔡老师跟一对母女一起观察榕树，讨论榕树的气根、树冠像什么，触摸气根断裂处的黏液，想象一粒小芽如何长成眼前的大榕树。观察，描述，想象，文学的诸种要素均包含在这“榕树下的一课”中了。他有魏晋名士的潇洒与随性，在月夜穿过公园到学生家，忽发奇想，给学生妈妈打电话：他要在月光下给孩子上一节“月光诗”！

就像体制外的教育避不开体制，脱离了具体组织的个人，也避不开社会。或许这种特殊的身份，更能让人认清体制和社会的弊端。教育是生活的延伸，是整体的部分，于此可窥社会万象。有学生问蔡老师是怎么来他家的，蔡老师说是坐车的，于是学生得意地告诉老师他们家有六辆名车，并一一列举。不管谈什么，这个12岁的孩子都能绕到钱上来，比如他的手表价值17000美元，曾是香港职员的爷爷现在还拿5000港币的月薪，妈妈介绍的那位姑姑，其实不是姑姑，而是他父亲的情人——可能这个孩子已敏感地意识到，情人与手上的名表一样，也是资本的象征。一个读初中的男孩是个“鞋癖”，因为在统一校服的背景下，孩子们最方便的是比鞋，鞋说明了背景、性格与品位。除了鞋之外，还可以比手机、手表、学习用具，女生甚至可以比发卡。拜金主义、功利主义严重侵蚀了孩子们的心灵，影响了他们的判断：一位高中生简洁地概括残酷的现实，以前是知识改变命运，现在是资本改变命运。

孩子的问题，归根结底是社会的问题、家庭的问题。比如那位“鞋癖”男孩，有一位很“拽”的父亲——他常在家里把所有空调打开，又把所有窗户打开，告诉孩子这叫享受。蔡老师没有把问题一推了之。他向“鞋癖”男孩讲述赤足踩在田野上的快乐，讲述他因赤足得到的温暖：一个过路的女人看到他在雪地里光着脚，特地为他做了一双棉靴，其实女人自己也有五个孩子要抚养。他感叹幸亏自己体验过饥寒交迫，否则不会懂得感动，他的棉靴比男孩的耐克包含着更多幸福的因素。他向那位感慨“资本改变命运”的少年讲述思想的高贵，讲述罗曼·罗兰的“只有具备一颗伟大的心的人，才是真正的英雄”。一位少年对自己的姥姥极为不敬，蔡老师询问原因，他回答说她是穷人，父亲说迟早要她从这个家里滚出去！有这样的父亲，孩子的态度就不难理解了。蔡老师当即拂袖而去，他绝不将孩子、家长视作上帝般的客户，曲意逢迎。

蔡老师的拂袖而去或循循善诱，其实都彰显了一种价值观，彰显出对善良、朴素、高贵、正直、勇气等种种现今稀缺的品质的尊敬与坚守。他的作为，影响着尚在成长中的孩子。对姥姥不敬的少年，终于开口叫“姥姥”了；“鞋癖”少年也会记住“自由人以茅屋为居室，奴隶才在大理石和黄金下栖身”的箴言。有意思的是，不少家长也从中受益，重新审视自己的生活：一位刻板务实的工程师，被蔡老师的葫芦丝声打动，与老师探讨艺术与生活的关系；尽管他不一定接受老师的观点，但至少会重新思考这个问题。更有不少家长陪孩子一起听课，一起学习讨论，课后则与老师交流孩子的情况、对教育的认识等，不觉中成为很好的朋友。

教育，说到底是“人”的教育。教育者作为“人”的品质、修养、胸襟、情趣，决定了教育的品质。蔡兴蓉老师作为教育者的成功，首先是作为“人”的成功——他是孩子们信任与依靠的师长，可亲的、懂得倾听的朋友，一起快乐游戏的伙伴。蔡老师的成功是不可复制的，因为蔡老师不可复制，这 60 多个孩子也不可复制；蔡老师的成功又是极具推广价值的，因为每位教师、家长，都可以走慢一点，多想一点，以自己的方式做那个“走在孩子后面”的人。

4．小学时代的烙印

《小学学什么——英才是这样炼成的》[①]，书如其名，是不同领域的名家回忆小学生活的文字的汇总。作者中有不少我们熟悉的诗人、作家、学者，他们的成长经历，当能给今天的小学教育颇多启示。

本书以“英才是这样炼成的”为副标题，易使人将之归入“成功学”一类的畅销书，从而错失了真正的读者。比较而言，我更喜欢“小学学什么”这样朴素而准确的概括。不过，对我来说，本书却超越了一般的教育类书籍，具有了历史学的意义。我一直偏好个人回忆多于官方的正史。其中原因，连高中生都明白：熟读各类历史教科书，绝不等同于学好了历史。本书作者的小学经历中，处处是时代与政治的“烙印”，这些“烙印”，具有个人性，也具有普遍性，烙印遗痕，今日犹在。

《小学学什么》作者们的小学时代，大致可以归于两个背景：20世纪三四十年代，1949年后的三十年。前者往往涉及抗战、逃难等；后者虽属和平年代，但残酷的政治运动所带来的伤害，绝不亚于战争苦难。前者尚能磨砺爱国情怀与坚强意志，而后者对人性的戕害，延至今日而不绝。学校绝非世外桃源，种种不公、表演、告密、恐惧、暴力，社会上的种种闹剧、悲剧，都在学校一一复制，在孩子们幼小纯洁的心灵上留下了难以清除的影响。作家残雪以孤僻的性情保护了自己，“不合群”帮助她保持了“独立不倚”的观察与思考。善良正直的孩子，目睹种种暴行，羞怯地隐藏自己的善良与同情，“内疑外惧”，成为“沉默的大多数”。

①《小学学什么——英才是这样炼成的》，蒋保华主编，教育科学出版社2010年12月版。

懵懂无知的孩子，则不自觉地加入看客甚至施暴者的行列，习得的“冷漠”与“恶”，成为民族的“集体无意识”，在类似“小悦悦”事件中显现恶果。承受不公的孩子，则将“恶”转移于更弱者，弥漫于今日整个社会的戾气，或许正根源于此。书中有一细节：作家肖毛的一位男同学，常承受老师的拳打脚踢，每次挨打后，都将怨气撒到比他弱小的同学头上。多年后，肖毛偶遇这位男生，他正以市场管理员的身份，用皮鞋乱踢某个小贩的摊床。

成长环境如此恶劣，本书作者们何以超越时代的苦难，于万马齐喑的时代，保持了鲜活的性情与独立的思考，日后能在各自的领域终有所成？

答案指向两个源头：首先是阅读。即使是焚书坑儒的黑暗时代，书依然如火种般绵延不绝。作家止庵以抄家后仅剩的几本书，建构起自己的童年生活。那些其实价值有限的苏联小说中的人物，取代现实，替他制造了“一个颇有意味的童年和少年时代”，使他可以超越乏味甚至丑陋的现实。这恐怕也是本书作者们共同的体验。那些书从黑暗时代中侥幸逃脱，如漏网之鱼，活泼泼地在孩子死寂的心湖中溅起晶莹的水花。其中的美与生机，足以滋养一生。另外一个源头是大自然。在战争苦难中，在忙于斗争、疏于建设的时代，好在还有永恒的大自然，公平地惠泽每个孩子，补偿物质与精神的双重匮乏。俄罗斯文学专家蓝英年，一谈起自己童年摘榆钱等趣事，就成了天真的孩子，“高兴得把世界上什么事都忘了”。

阅读与自然，正如源头活水，洁净丰沛，冲刷尘世的刻板无趣与丑陋生硬。也如自然中的木石，一木一石，逐渐替孩子们建构起一个可以陶然忘我的家园。此后一生，不过是在此基础上不断加固与扩建而已。无此家园，则成无根之人，空心之人，如鲁迅在《故乡》中所说，或“辛苦展转”，或“辛苦麻木”，或“辛苦恣睢”，而终无所得。近来正与学生一起读蓝英年、张秉衡翻译的《日瓦戈医生》，译笔准确传神。阅读时，俄罗斯的风雪，在眼前，也在心上。《小学学什么》中，台湾教育学家游乾桂借朋友之口感叹苦读的华人孩子，十八岁后气力散尽，无所作为；而童年专注于玩的美国孩子，进入大学后却能如老僧入定般研读，不以为苦。时下的译作，常佶屈聱牙，滞涩不前，或许正是因为年轻译者苦读后的气力散尽？而前辈学者译笔之沉着有力，或许正源自欢乐童年所孕育的生命热力。

有阅读和自然的陪伴，困难时代的孩子，也可以获得广阔的天地、自由的空间。今天物质优裕、骄而娇的孩子们，却多成为三毛笔下与自然隔绝的“塑料儿童”，令人同情。蓝英年所列出的亲戚多多繁忙而无意义的日程，正是如今大部分孩子童年生活的缩影。当然，乡村的贫困孩子、留守儿童，想有这样的日程而不得，则是另一个更沉重的话题了。

行文至此，突生一念。如编者有兴趣在三四十年后，重编一本《小学学什么》，请如今的孩子们在多年后回顾小学时代（也可以扩展为整个中小学时代），他们又会写些什么？如今的中小学教师群体，会给他们留下什么样的记忆？这本书将以个人史的形式，对这样一个沉重的问题做出回答：在教育史上，今天的教育，究竟留下了什么？

念及此，悚然心惊。

5．读着读着，天就亮了……

凌晨总是早早醒来，无法再入睡，起来看会儿书。近来陪伴我的是《童年时光》[①]，读着读着，天就亮了。

这里有许多忧伤的故事。曼古埃尔的《父与子》，讲述了一个小男孩如何在梦幻中死去；霍夫曼的《把死亡当早饭的小姑娘》，描画出屠杀与死亡带给孩子的浓黑的阴影；戈迪默的《戴三叶草的小丑》中，孩子们与精神病患者楚基舅舅渐行渐远；佛克的《迈阿密海豚》中，父母精心为女儿准备了一份礼物，却只是让女儿意识到时光的消逝与亲情的疏离。

隔阂、疏离、暴力、病变、死亡……我们常有意识地把这些与孩子的世界隔离开来，让童年多一些安全与温暖。但现实就在那里，无法隔离。父母的争吵，小伙伴的疏远，天渐渐黑下来时的寂寞与恐惧……谁童年时未曾经历这些？刻意把孩子包裹在精致的糖衣里，孩子长大后，该如何应对现实的冷酷？或许较好的方法是，让孩子意识到问题的客观存在，同时教给他们善良、正直与勇气，学习与这个复杂的、冷暖并存的世界共生。

阴郁的底色，更凸显出那些明亮的故事照耀人心的力量。

苏萨克的《打字机，Q键》中，那个经常揍人的沉默寡言的哥哥，给了一心想当作家的弟弟一个奇怪的礼物——没有键盘的打字机。特别的礼物中，包含着特别的爱和鼓励。这个故事有作家童年的影子吗？或

---

①《童年时光》，〔南非〕纳丁·戈迪默等著，〔葡萄牙〕理查德·齐姆勒、〔塞尔维亚〕莱萨·塞库洛维奇编，姜向明译，漓江出版社2015年1月版。

许童年的苏萨克也曾被这样特别的爱所鼓舞，最终成长为一名真正的作家，写出了《偷书贼》这样的打动无数读者的小说。

罗索夫的《脑海里的歌剧》中，一个有特殊天赋的女孩，以音符感知世界，音乐的旋律在她的血管里流淌。小说让我联想起一个数学天才这样描述数字：1——耀眼，闪亮，手电筒照人的脸；2——从右向左的漂移；9——高楼，盛气凌人；56——明黄，花；378——象牙白，石柱……数字在他脑中有颜色、形状、大小，形成一片风景。也有人以不停地绘画表达对世界的认识，对微小细节的观察和表现令人叹为观止。卢梭说："上帝创造了我，然后把模子打碎了。"我们应该寻找并珍视自己的与众不同，更应该给孩子们自由生长的空间，小心呵护他们的"不一样"。

尤为打动我的是阿尔蒙德的《梅·马隆》。故事的主人公诺尔曼是一个悲伤自闭的小男孩。在饱受人们非议的女人梅·马隆的家里，在梅·马隆的儿子身上，他看到了与母亲的空洞说教迥然相异的东西。他看到那个上帝的弃儿虽然有身体和智力的种种缺陷，却依然能感知世界的美，并以手舞足蹈和欢乐的尖叫表达自己强烈的感受。而那位不幸的母亲，穿美丽的紧身裙和高跟鞋，把家里收拾得整洁而富有情调，深爱自己的孩子，坚强地生活着。诺尔曼终于打开了心扉，第一次睁开眼睛看清世界的美丽。

我把这些故事推荐给我的学生——这些高中的大孩子，会喜欢它们吗？也许大孩子的心里，都藏着一个脆弱忧伤、不能自卫的小孩子。只要有一个悲伤的心灵被这些故事抚慰，作家书桌前孤独的写作，我失眠时孤独的阅读，就是值得的。这就是文学的力量：它用传递和分享，让孤独的黑夜变得温暖。

而已经远离了童年时光的我们，也可以借这些故事重回儿时，审视现实。其实，我们都住在自己的童年里。

6. 让历史照进现实

这两年，每有人问我有什么好书推荐，我都会不遗余力地介绍王鼎钧的回忆录四部曲[①]。

这四部回忆录，是王鼎钧的个人史，但其价值超越了个人，指向历史。《关山夺路》的后记中，他写道："多少人都写自传，因为人最关心他自己；可是大部分读者并不爱看别人的自传，因为读者最关心的也是他自己。"但他的写作目的"不是写自己，而是借自己的受想行识，反映一代众生的存在"。他希望读者由此了解与关心那个时代，因为那是中国人最重要的集体经验。因此，他将这四部书定位为"回忆录"而非"自传"。史学家高华对王鼎钧给予了高度评价："让我们知道一个普通的中国人在过去的20世纪所经历的痛苦和所怀抱的梦想、希望。"

我不清楚别人如何学习历史，我和我熟识的同辈、学生所知的历史太有限，角度太狭窄。我们从教科书上、从所能读到的报刊上了解的历史，往往只有概述而无细节，且只取一种角度。即使这种角度很大，毕竟有局限。王鼎钧的回忆录，在以下两方面都很出色：他不局限于自身，提供了多种角度；有波澜起伏、生动细致的叙述，波澜起伏源于历史本身的动荡，而生动细致则源于他个人敏锐的观察力、感受力和出色的表达力，为大事记式的历史补充出饱满的细节。如长春围城，王鼎钧为我们录下一位逃出的国民党连长的痛苦回忆，也记下这一事件对自己的重大影响。读过这段记述，再去长春，当能于今日的平静

① 王鼎钧回忆录四部曲：《昨天的云》《怒目少年》《关山夺路》《文学江湖》，生活·读书·新知三联书店2013年1月版。

中听见历史的回声，想象“新鬼烦冤旧鬼哭，天阴雨湿声啾啾”。

王鼎钧的回忆录对教师别有价值，即为我们提供了民国教育的众多图景。我们固然不必将民国教育理想化，但可将目光聚焦于具体教育场景中的人和事，见贤思齐，见不贤而内自省，以求现实中的点滴渐进。

《昨天的云》中第三章《我读小学的时候》、第九章《折腰大地》中关于私塾教育的记述，都值得参考。第四章《荆石老师千古》中那位人品学养皆一流、泽被一乡的“大老师”，第十三章《插柳学诗》中那位佯狂避祸、于荒乱破败中撒下诗歌种子的疯爷，一定会给读者留下深刻印象。“大老师”的写作观、疯爷的诗教，对语文教师尤其有研读的价值。“大老师”写作教学的两处细节，可使我们窥一斑而想象全豹：当时学生都爱抒情的文艺腔，迷恋写作的王鼎钧“病情”最重。有一次，他在作文中写道：“时间的列车，载着离愁别绪，越过惊蛰，越过春分，来到叫作清明的一站。”“大老师”对这段文字未加改动，也未加圈点，只在发还作文本时淡淡地说：“这是花腔，不如老老实实说清明到了。”又有一次，王鼎钧写的是：“金风玉露的中秋已过，天高气爽的重阳未至。”他毫不留情地画上了红杠子，在旁边改成“今年八月”。“大老师”提倡质朴、反对矫饰、重视内容的写作观，影响了王鼎钧的一生。我们今日读这些细节，会讶异于花腔“流毒”至今，学生的作文里依然充满这类矫饰，且有过之而无不及：有学生背得一段华美空洞的铺排，依据作文题变换关键词，放在不同的作文开头“唬人”，闯过一场又一场考试。

我曾与学生共读王鼎钧的这段回忆，学生认同“大老师”的“质朴”，厌恶“花腔”的做作。但当我问他们考试时会选哪种文风时，他们响亮地回答我：“花腔！”他们正是凭着“花腔”一路胜出，进入众人向往的名校，这是对语文教育最有力的批评。而“大老师”不尚空谈，在具体的修改、示范中帮助学生的教学方式，也提醒我们日常的写作教学的弊端：比如我们总是告诉学生叙述要生动，学生也知道要生动，却不知如何生动起来。通过具体文字的揣摩与修改，让学生在水中而非岸上学游泳，80 年前，“大老师”已给我们做出了极好的示范。

《怒目少年》为我们呈现流亡学校国立二十二中的历史：尽管难以避免党化，颠沛流离中，人性也呈现出令人感慨的复杂甚至丑恶，但二十二中依然努力“立人”，王鼎钧也努力“成人”。老校长李仙洲本为鲁籍名将，创办学校收容山东的流亡青年，遗泽绵绵，可歌可泣。而我则对滕清芳这样的普通教师更感兴趣。这位年轻的化学教师，给了王鼎钧“五雷劈顶”的震撼，调和了科学与神学的冲突：“哲学研究神的意思，科学研究神的方法。”《关山夺路》中，宪兵连的训练也是一种特殊“教育”，善恶并存，深浅有别。那位能将“军人以服从命令为天职”从法理角度分解出三说的杨书质排长，令王鼎钧感念终生。大陆开放之后，王鼎钧费时五年，在河北乡间找到杨先生，报答当日之师恩。

取教育视角，还有一个问题值得我们思考：遍尝艰难冷酷，经历九死一生，王鼎钧如何能一直保持正直善良的心性？原因很复杂，其中不能忽视的是宗教背景。王鼎钧的母亲笃信基督教，挚爱母亲的他在教义熏陶下长大，奠定了最基本的信念。后来他经历战争的残酷，目睹人性的卑劣，深觉“造化弄人”，对基督教传统教义产生怀疑，直至 20 世纪 90 年代后期，才重新建构起宗教观。尽管曾有过漫长的徘徊疑虑，但童年时播下的种子，成为人生的底色，使他能于困苦中不沉沦，终有所成。最近读到作家胡发云回忆父亲的长文，曾任国民党军医的父亲在历次运动中的遭遇，无须作家描述，我们也不难想象。但父亲“一世的作为，对待人生命运的态度”，让胡发云看到父亲内心的光。这光，同样来自宗教。无神论背景下成长的我们，又该以什么支撑起自己的人生？作为教师，又该如何引导学生找到“内心的光”？我想，我们至少可以努力播下真善美的种子，让其在幼小柔软的心灵中（也在我们自己日渐冷漠迟钝的心中）生根，当真善美与对“人”的笃爱成为信念甚至信仰时，我们就可以避免漂萍转蓬般的无根之痛。

这，正是教育的价值。

7. 可有人愿意倾听

《烙印："可以教育好的子女"的集体记忆》[①]寄到时，手头正在读一本哲学简史。说来惭愧，要到现在才来给自己补这类常识。从小到大的课程体系里，较为接近"哲学"的课程，只有"政治"。所学的"政治"，却是许多学生最无兴趣的一门课程。

《烙印》中所记载的政治，当然是迥异于教科书的。书末"旧词典"中所列词条，对如今的青年来说，恐怕比哲学概念更为陌生与深奥。《烙印》一书，源于一次对话：编者林贤治先生曾问过中山大学历史系的一位青年教师，什么叫"可以教育好的子女"，他"瞠乎不知所答"。我如果用同样的问题去问十六七岁的高中生，他们可能不仅"瞠乎不知所答"，更有人会坦然地回答："考试不考的内容，和我有什么关系？"

考试不考的内容，教科书不写甚至刻意回避的内容，真的与我——我们无关？

《烙印》一书，呈现的是"黑五类"子女的个人记忆，汇聚成流，则成为民族的集体记忆、深刻烙印。

在这些记忆中，我们可以读到不少熟悉的名字：张东荪、章乃器、胡风、路翎、陈企霞……在讲述者中，也有我们熟悉的学者、作家：章立凡、赵园、孙郁、刘烨园……更值得注意的，或许是那些普通人的讲述。尤其是最后一组文字，根据当事人口述整理成文，除少数文

---

① 《烙印："可以教育好的子女"的集体记忆》，林贤治主编，花城出版社2010年4月版。

字经润色而有较浓的书面语色彩外，一般皆质朴而无所修饰，不以抒情和议论见长，仅用简单的口语，叙述个人与家族的悲剧命运，深沉的痛苦和感慨，尽在不言之中。普通人的命运，较之重要人物，当更能体现“烙印”的普遍性：政治于人的影响，并非只集中于政治人物，每一个认为自己“与政治不相干”的普通人，都不可避免地深陷其中，烙下深刻的印记。

“烙印”不仅具有普遍性，还具有久远性。林贤治在本书序中指出：“受歧视的生活是一种不可逆的、最终有效的、贯穿一生的生活。”往事已如烟，创痛却永在，以某种更为隐蔽，因而也更难治愈的方式存在。谢泳则在《“出身”和“成份”对中国社会的影响》中得出结论：“它的影响至少还会持续十年左右。”曹四豪，广东乡间的一名中医，其出身问题，于20世纪70年代末得到解决，但是“自卑、驯顺的奴隶性格已经形成；过去的那份创痛，那份怯弱，那份惊悸，一直带到如今”（《泣血的岁月》）。

这是整个民族的普遍而久远的烙印。

我的学生们曾用很长一段时间准备历史、政治两门学科在高中阶段最重要的一次测试，最后的结果让他们深刻认识了“荒诞”：成绩和努力并非成正比，有时甚至是成反比。而那些书上的知识也在考试结束的瞬间与教科书一起被扔进角落，他们对真正的历史与政治依然“瞠乎不知所答”。

存在种种缺陷的考试，不考试而只凭出身升学，哪个更为荒诞？而今天的种种荒诞，是否正是过去之荒诞的延续？——荒诞被遗忘，因此也不可能得到真正的反思与纠正，进而以各种形式还魂。在考试之外，对升学、就业至关重要的某些不便明说的因素，使我们认识了另一种微妙的“出身论”，似乎与多年前的“出身论”迥然不同——其核心却依然是“权”与“利”。

读此书时，恰巧父亲来电，于是问起他家族中的一些往事，得知出身如何深刻地影响了父辈的命运。

历史的烙印，就是这样影响了父辈的命运、你我的命运——我们共同的命运。

烙印犹在，只是这世上可有人愿意倾听？

8. 一本需要哭着看的个人百年史

作家许地山及其笔名落花生，因《落花生》一文入选小学教材而妇孺皆知。他的女儿许燕吉的自传，原以“麻花人生”为名，取人生如麻花般“被扭曲”之意。出版时改为“我是落花生的女儿[①]”，当有考虑市场的因素，虽不如原名准确，但其中暗含的“落花生”精神的传承，倒正是许燕吉历经苦难却始终乐观的根基所在。

在书的封底，作者简单梳理了自己的一生后这样总结道：“你可以有几个10年、20年，而我，就只有一个80年……”初读这句话，难免有些疑惑：谁不是只有一个“80年”？且我国人均寿命还未到80岁，对大多数人来说，这个“80年”也未必能有。作者的一生，不也拆解成了几个10年、20年吗？及至读完全书，才明白了其中的辛酸与不甘。

童年时的许燕吉，因父亲去世、日军占领香港，与母亲、哥哥被迫内迁，颠沛流离中，母亲想方设法保证一双儿女能接受较好的教育，而许燕吉也努力成长为一个如落花生般朴实有用的人。香港的教会小学，柳州香山慈幼院小学，贵阳的国立十四中，抗战时迁到重庆的南开中学，南京的明德女中、市立第三女中……对抗战史与民国教育史感兴趣的读者，可以从中寻找到不少颇有意味的史料与细节。不断迁徙、时有间断的求学中，许燕吉依然能成长为一个朴实正直、自立自强的少女，最终以第一名的成绩拿到了高中毕业证书，如愿考入了从小喜欢的畜牧专业（北京农业大学畜牧系）。这十多年，虽物质匮乏，战乱频仍，但正如许

---

①《我是落花生的女儿》，许燕吉著，湖南人民出版社2013年10月版。

地山小说《商人妇》中所说："造作时是苦，希望时是乐。临事时是苦，回想时是乐。"苦中有乐，有希望，且在性格与学业上，都为作者日后的人生打下了坚实的基础。

许燕吉在前言中以父亲小说中的这几句话概括自己的人生，不过之后的30年恐怕很难"回想时是乐"，否则她也不会感慨"你可以有几个10年、20年，而我，就只有一个80年"。风华最茂、本当大有作为的30年，竟然被这样一些字眼消磨殆尽："肃反"运动，"右派"，拘押，为囚，再改造……这些落在纸上不过轻轻数字，但在当事人的人生中，却有千钧重，甚至带走了不少原本年轻美好的生命。其间许燕吉或友人所经历的好友的出卖、亲人的离弃、精神及肉体的双重折磨，未经政治运动的我们难以想象。作者在封底勒口道出的这段心声，值得作为后来者的我们细细领悟："这本书，我多年前就想写了，既想送给那些与我有相似经历的人——他们也都渐渐老去了，也想送给那些期待了解这段历史的年轻人——你们还有很长的路可以走。"或许后者是更重要的，因为追溯历史并非只为展示苦难，更为有所省悟，终结苦难，走向未来。这样说来，这类回溯民族苦难的小人物的个人史，也应当跟那些经典名著一样，进入青少年的阅读书目，成为民族之进步、公民社会之形成必备的滋养。

另外，跟名人回忆录相比，这类小人物的个人史更具有普遍意义：政治烙印如此普遍而深刻地影响了芸芸众生，普天之下，概莫能外。正如许燕吉所说："历史，有的不仅仅是大人物和波澜壮阔的大事件，更多的是无数普通人的辛劳、痛苦和隐忍，这是历史的伤口，也是历史的现实。"

20世纪70年代末，许燕吉身处偏僻的陕西农村，看不到报纸，因常停电也听不到广播，连"四人帮"倒台的事，还是听来兽医站实习的大学生事后说起的。中央给"右派"落实政策一事，她竟然是从继子科科的物理老师（同为"右派"）处戏剧性地得知的。相关部门的解释是，档案不见了，他们无法找到她。一番奔波后，许燕吉终于等来了两份文件。一份是河北省农科院改正"右派"的文书："右派"和"反革命"的帽子终于被摘掉，公职与工资待遇恢复，但工资是从 1978 年 10 月发起，过去的工资不补。另一份是石家庄人民法院撤销原判的判决书：撤销当年关于“反革命”罪的判决，宣告无罪。几张薄薄的纸，如恩赐般飘然而至，结束了漫长的荒诞岁月。一个人以至一代人心上的伤、白白耗费的岁月，整个民族的停滞甚至倒退，却至今也未曾等来一个正式的道歉。

许燕吉在陕西省武功县畜牧兽医站工作两年后，为了照顾母亲，于 1981 年回到南京，在江苏省农科院牧医所工作七年后退休。恢复公职后的许燕吉仍像“落花生”一样，尽心尽力做好工作。晚年她以“高级阿 Q”自况，坦然面对生死，办了遗体捐献手续，等待自然规律的胜利。

书中另有一个脉络值得一提。许燕吉曾是一个虔诚的天主教徒，后虽经大学时代的思想改造放弃了信仰，但有信仰者的有所敬畏、善良悲悯已深深地刻在她的心底，与“落花生”精神一起，成为她认识世界、为人处世的底色。书中有一个颇具象征性的细节：为狱友买煤时，她体会到了拉车上坡的艰难，从此只要看见拉车上坡的，她总情不自禁地帮上一把。这“情不自禁”，便是任何改造也改变不了的底色，是身为匹夫也不可夺的“志”。即使在狱中，她也不愿意打小报告，积极“靠拢政府”，“拿别人立功”，因为虽然当局的改造目标与道德情操无关，但她依然像教徒一样关心自己的灵魂：“一个人专注于找别人的缺点，怎能纯洁自己的灵魂？”自己落难，她依然乐于为难友们服务，替老人与不许外出的人买东西，组织大家游戏、做操以保持身心健康；在兽医站工作时，她耐心地做小朋友的玩伴、家庭妇女的倾听者与心理疏导师，还帮一个一辈子没洗过脚的孤寡老人连换三盆热水泡脚，刷去死皮；她依然注目于生命的美：“整晚看一只蝉，看它从土里钻出来，爬上树根，一点点地脱去壳子，那蝉翼怎样一点点地展开……太阳出来后它又飞上了树梢。”而书中记述的修女孙瑶真仁爱宽厚、舍己为人的一生，则与迫害者、告密者等恰成对照，也让信仰缺失的我们懂得尊重和自惭，“虽不能至，心向往之”。这点向往之心，或许正是通往仁爱宽厚的起点。

9. 当话语成为“肉体”

曼德施塔姆是俄罗斯白银时代的卓越诗人，此次广西师范大学出版社引进出版其遗孀的回忆录[1]，意义不仅在于帮助我们了解这位伟大的诗人，更在于让我们理解那个实则并未远去的时代。

书前收录了诗人约·布罗茨基致曼德施塔姆夫人的悼词。诗人指出，这位女性的回忆录具有明晰和无情的文风，这是典型的智性风格，是曼德施塔姆和阿赫玛托娃的风格。这位著名诗人的遗孀六十岁才开始写作，她是如何获得这样一种杰出的表达能力的？布罗茨基的结论是，在那样一个危险的年代，一切落在纸上的东西都是危险的。为了抵抗遗忘，曼德施塔姆夫人昼夜背诵丈夫及好友阿赫玛托娃的诗句，这一切渐渐深入她的内心，变成她的意识和个性，不仅赋予她视野和视角，更成为一种语言范式，最终成为“她自己的肉体”。

日夜萦绕于心的诗句，最终成为其审美标准、思维方式；多年后，当她拿起笔来，那些散文化的回忆文字，不觉中拥有了诗的内核。

曼德施塔姆夫人是不幸的。数十年里，这位瘦弱的女性四处漂泊，藏身于一个又一个偏僻小镇，终生保持着“女难民”的状态。布罗茨基这样描述道：“她一年比一年更加干瘦，缩成一团，她似乎试图让自己变成一种没有重量的东西，以便能在逃跑的时候很快地抄起来，塞进衣服口袋。她自然没有任何财产，没有任何家具，没有任何艺术品，没有任何藏书。”她如果有机会读到曹植的《吁嗟篇》，一定会感叹，这位与

---

① 《曼德施塔姆夫人回忆录》，〔俄〕娜杰日达·曼德施塔姆著，刘文飞译，广西师范大学出版社2013年9月版

她隔着遥远时空的诗人，用“转蓬”的意象精确地概括出所有异类共同的命运：“吁嗟此转蓬，居世何独然。长去本根逝，宿夜无休闲。”

她无疑又是幸运的。她用诗句构建出一个强权者无法入侵、不能剥夺的世界。在无根的日常生活里，她的精神之根却深深植入最优秀的诗歌，获得丰厚的滋养。曹植在《吁嗟篇》的最后表达了愿为“野草”的愿望：“流转无恒处，谁知吾苦艰。愿为中林草，秋随野火燔。糜灭岂不痛，愿与株荄连。”曼德施塔姆夫人用诗歌的背诵与回忆录的写作，将“转蓬”的命运转为“野草”的命运：紧紧与株荄相连，且“野火烧不尽，春风吹又生”。布罗茨基为曼德施塔姆夫人留下的最后影像，正如焚烧过的野草：“她看上去就像是一堆烈焰的余烬，一块阴燃的煤，你如果拨一拨它，它就会重新燃烧起来。”如今，她已去世多年，她留下的文字却依然能点燃我们，让今天的我们思考：什么终究会穿越苦难而留存于世？

布罗茨基在悼词中追问：如果没有革命及其他事件，曼德施塔姆夫人会成为一位作家吗？他的回答是“或许不会”。是为了抗拒俄国20世纪所发生的一切，曼德施塔姆夫人最终成为了一名作家。她的回忆录，最终成为“在文化良心的烛照下向历史投去的一瞥”。

面对这样的一瞥，我们的诗人会有何感想？我曾经非常敬重当代的一位女诗人，她曾写下“教孩子们伟大的诗，教孩子们喜爱精辟的物语”的诗句，成为我的职业理想。诗中那位女教师体质极端衰弱，却“有一种骄傲的眼神”，只因为她“教过孩子们伟大的诗”。我想象中的女诗人的形象，定格在这“骄傲的眼神”。这位诗人封笔多年，我常觉得惋惜，但也能理解她的选择：封笔可能正源于对诗歌最深的珍惜和敬重。近日我才意外得知，她已经成了一位级别颇高、相当成功的行政人员。这位曾被另一位诗人称赞“很像林风眠画中的女性形象”的女诗人，如何将教室与诗歌换成了会议与公文？她的案头，还有诗集吗？深夜时分，还有诗句在心头萦绕，让她“满脸通红”吗？

苦难可能会让艺术失明失聪，甚至杀害艺术。但与苦难相比，平庸的日常生活、日复一日的公文与会议对艺术的戕害又如何呢？真正的诗性能穿越苦难而留存。而诗歌如此轻易地转成了颂歌，则令我们质疑其原本的纯度和重量。

也另有一种可能，这位天赋很高的诗人，学会了双重话语与双重思维。她的内核依然是诗性的，但她能熟练地使用与诗歌全然无关，甚至对立的另一套话语系统。《曼德施塔姆夫人回忆录》中，有一位共青团报的负责人，就过着这样的双重生活，说着这样的双重话语。被同事捡到的他的一封家信，显示出浓厚的人情味，甚至还使用了“感谢上帝”这样的语言。这是进城谋生的乡村青年所写的一封典型书信：他向亲人好友炫耀自己的成功，还要把兄弟接出来也闯荡闯荡。这个急于出人头地的乡村青年，在工作中却娴熟地使用着崇高的意识形态语言。

作为一名高中教师，看到十六七岁的少年娴熟地使用官方语言时，我常常想起他们在随笔中鲜活而真实的表达。这种双面性会在他们成长的道路上打下什么样的印记？最终占据上风的，将是哪一套话语？是粗劣刻板的套话，还是真诚理性的言说？——曼德施塔姆夫人的经历告诉我们，语言可以成为思维甚至“肉体”。而如果他们学会了在两者间进退自如，我们是否应当庆幸他们终于聪明地学会了生存？

我常纳闷，天真的孩子究竟是如何学会双重话语的。同事告诉我，她的孩子就读于小学一年级，第一篇作文的题目是“成长路上遇到了你”，要求写老师，写感动人的细节。当时开学仅一个多月，孩子说还没遇到让她感动的细节。妈妈只好以孩子的语气虚拟情节，帮孩子交上了人生第一篇作文。事后我了解到，让孩子写这样一篇作文并非老师的本意——她是为了完成上面布置的征文。而这，还只是开端，是冰山一角。

如果教育的起点是伪饰、谎言，我们还有可能用“伟大的诗”带孩子们走向真实与崇高吗？我不知道。类似于《曼德施塔姆夫人回忆录》这样以散文写就的“伟大的诗”，如能因出版者与教育者的努力进入少年的阅读视野，无疑提供了一种突破的可能，给消沉的我们以信心。

10. 一次愉快的精神之旅

关于《美国宪政历程：影响美国的25个司法大案》[①]，中山大学的袁伟时教授有中肯的评价："用真实案例，渐次说清楚了美国宪政精神、宪政制度、政体及运作方式、联邦最高法院地位、所有这些讲究的由来和发展的依据等等。对美国宪政的过程做了一个梳理，对中国的现代化来说很有作用。"

如我一般的非专业读者，可能会担心这样的书艰涩难读，其实这种担心完全多余。任东来先生在前言中将本书定位为"基于认真学术研究基础上的普及性读物"，力图"融学术著作的准确性和通俗读物的可读性于一体"。我个人的阅读体验是：这些司法大案比小说还好读。任东来先生说这些故事所蕴藏的无限勇气、丰富哲理和超凡智慧，使本书的写作和编辑成为他一次无比愉快的精神之旅。对读者来说，本书的阅读也将是一次无比愉快的精神之旅：其情节的曲折跌宕，带给读者阅读侦探小说般的刺激；案情陈述中所贯穿的法理分析，思维缜密，态度客观，又呈现出超越故事的理趣。每晚读上一章，一个月就可读完，长夜因之而变得充实有趣。

我还曾将本书的阅读与语文教学结合起来。朱光潜在《咬文嚼字》一文中指出："咬文嚼字，表面上像只是斟酌文字的分量，实际上就是在调整思想和情感。"王绢思教授为本书所写的序言中对"法治"（rule of law）与"依法而治"（rule by law）的甄别、对"God"一词如何翻

① 《美国宪政历程：影响美国的25个司法大案》，任东来、陈伟、白雪峰著，中国法制出版社2005年6月版

译的推敲，即可作为很好的范例，解析语言与思想的关系。而书中大法官们的判决书，更是说理的典范，观点清晰，逻辑严密，层层推进。我曾将书中一个案例印成讲义，请学生阅读，然后写一份判决书：“如果你是最高法院的九位大法官中的一位，你会如何判决？请表明态度并陈述理由。注意表达清晰，论证有力；可综合运用多种论证方法。”学生对这样的写作兴味盎然，交出了让人满意的作业。

这样的读与写，或许还能成为学生此类阅读与思考的起点，培养他们对公共领域重大问题的兴趣、严密的逻辑思维、严谨客观的评论态度——这些公民素养，正是现代社会的基石。政治与历史学科的教师，想必能发现本书更多可与教学结合的点。

查阅资料时，意外得知，本书的主要著者、任教于南京大学历史系的任东来先生竟然已于 2013 年去世，年仅 52 岁；想到该系另一位英年早逝、让人景仰的学者高华，不知两位的生命有过什么样的交集。

逝者已矣，阅读他们用心血凝成的著作，当是最好的纪念。

11. “她给我一本书，然后……”

波兰诗人辛波斯卡在《旅行挽歌》中写下这样的诗句：“全都是我的，但无一为我所有，无一为记忆所有，只有在注视时属于我。”辛波斯卡以此概括“我”与风景的关系：如果不能凝神于风景，风景对“我”而言就等同于虚无。台湾作家杨照有相似体验，他曾撰文介绍自己多年前的一次旅游经历：壮丽的美国大峡谷，前一晚使他几乎落泪，第二天却无法让他感动。最后他发现，原来是自己的状态出了问题，长期依赖咖啡的他，在缺少咖啡因时，感官封闭了一半，对美景视若无睹。解决的方法很简单，一杯咖啡，让他重拾前一晚的感动。杨照当然不是为咖啡做广告，他得出的结论是：自己必须有一定的准备，否则再美好的东西都进入不了我们的感官系统。

辛波斯卡的诗与杨照的感悟，不仅可概括人与风景的关系，也可延伸至人与社会以至世界的关系。有了一定的准备，才能发现与领略世界的辽阔奇妙；在“注视”中，风景于人才有了意义，而人也以此确立自身的存在，化解焦虑，对抗虚无。从这个角度看，教育最大的意义，或许就在于让孩子们做好“一定的准备”，学会“注视”，以免错失本可如大峡谷般壮丽的人生。

如何理解这“一定的准备”呢？我的理解是，这准备并非外加的知识，更非物质的占有，而是人自身所具有的，且可不断生长的灵性。教师所要做的是，唤醒并守护孩子珍贵而脆弱的灵性，再让灵性唤醒原本处于黑暗、蒙昧中的孩子的“自我”，使其睁开眼睛，热爱并探究这个令人惊异的世界。

法国电影《与玛格丽特共度的午后》，讲述的就是一个灵性被唤醒的故事。法国国宝级演员杰拉尔·德帕迪约扮演的基曼，平时打理一个小小的菜园，有空了就和朋友们泡小酒吧。他外表粗野，却有一颗不为人知的温柔善良的心：他熟悉广场上的十九只鸽子，如同熟悉自己的孩子，并给每只鸽子都取了可爱的名字。鸽子使他结识了一位同样喜爱鸽子的老太太玛格丽特。玛格丽特是一个退休的农艺学家，几乎花了一生的时间周游世界和阅读文学作品。在广场旁的长椅上，玛格丽特试着给基曼朗读小说，没有任何阅读基础，连莫泊桑是谁都不知道的基曼，开始了他特殊的阅读——听读。

玛格丽特发现基曼虽然识字很少，却是一个出色的“听读者”。他能随着她的朗读，想象出加缪《鼠疫》中所描述的恐怖画面；他有出色的记忆力，仅凭一次听读，就能记住打动他的语句。这样一个出色的“听读者”，却有严重的阅读障碍：童年时，老师肆意嘲讽朗读出错的他，同学们也随之哄笑。他对阅读产生了根深蒂固的恐惧，对学习、对爱都失去了信心。最后，对玛格丽特的爱，对阅读的爱，使他克服了障碍，成为一个真正的阅读者，并且重拾对自己的信心：自己是有能力去爱，并给予所爱的人幸福的。

玛格丽特使基曼获得了重生，而她所做的，只是唤醒他心中沉睡的灵性。那灵性，如同一颗种子，曾被粗暴地践踏，埋入冰雪，但多年后，终于在玛格丽特春风般温柔的朗读中重新萌芽生长。基曼是不幸的，因为他在黑暗中徘徊忧伤多年；基曼又是幸运的，他还来得及重新认识自己，认识世界。电影的结尾，基曼以如诗的语言表达他对与花同名的玛格丽特的深深的爱：“她没有别的称呼，以花为名，依书而存。形容词像及地的长发般柔软美丽，动词如杂草一样坚韧，傲然。有些停下来，静悄悄地走进我的心里。她给我一本书，然后，第二本。书页在眼前放出光芒。”

玛格丽特与基曼的邂逅属于电影，浪漫而美好，更像梦而非现实。

但教师与学生的相遇却是真实的，我们可以用一本书、一节课、一首歌、一幅画、一次实验，让世界在孩子眼前放出光芒。这光芒，照亮了孩子们凭借自身灵性通往世界的那个入口，教育的本意，或许正在于此。而每个孩子的入口是不一样的，这就需要我们用爱和想象力去经营自己神圣的工作，找到那个入口。

12. 黑泽明的起点

读日本导演黑泽明回忆早年求学经历的文章，很受启发。

出生于 1910 年的黑泽明，智力发育晚于同龄的孩子，刚上小学时，老师说的东西他根本不懂。上课时，老师常常对他说："这个，黑泽君大概不懂吧？""这对黑泽君来说是很难回答的啦。"于是别的孩子都对着他嘿嘿窃笑。老师和同学的嘲笑在黑泽明心上留下了深重的创痕，以至于多年后当他看到一部关于弱智儿童的电影中相似的镜头时，心理和生理上都起了强烈反应，"一阵恶心，简直要吐出来"。

转到另一所小学后，黑泽明的处境并未马上好转，由于爱哭，还得了一个"酥糖"（爱哭鬼）的外号。但半年后，一切都不同了。黑泽明的智力在快速发展，又得到了同在一所学校的哥哥的保护。而最关键的力量，则来自他的班主任立川老师。有一次图画课，立川老师请学生随便画自己最喜欢的。黑泽明回忆说自己画的什么已不记得了，只记得画得非常认真，不怕把铅笔弄断，涂上色后，还用唾液涂匀，结果手上沾了各种颜色。当同学们对黑泽明的"杰作"报以哈哈大笑时，立川老师怒目而视，然后把黑泽明大大夸奖了一番，在他的画上用红墨水画了个很大的三层的圈圈。

这个鼓励改变了不喜欢上学的黑泽明。从此以后，只要那一天有图画课，他就急急忙忙赶到学校去。这种喜欢与自信渐渐延伸到其他学科，黑泽明的各科成绩都很快提高了。立川老师离开他们的时候，黑泽明已经当上了班长。立川老师尽力鼓励每一个孩子，同样爱哭的植草，也在老师的鼓励下当上了副班长，写出了非常精彩的长篇作文。在之后的求学过程中，黑泽明也曾遭受种种敌意与诋毁，但他已经拥有了强大坚韧的内心，决定无论如何也要坚持下去。

黑泽明在电影上取得了辉煌成就，被誉为“电影天皇”“电影界的莎士比亚”。这位杰出导演的起点在哪里呢？如果说是那一次图画课上的涂鸦，是立川老师的那个三层的红圈圈，恐怕也不为过。也曾听一位作家朋友回忆说，小学时的作文总是得不到老师的欣赏，他很是自卑。后来换了一位年轻亲切的女老师，第一次作文就给了他一个高分，他自信心大增，从此就爱上了写作。

黑泽明和那位作家朋友都是幸运的。每个孩子都有自己的天分，这些天分如同植物的幼芽，一旦斫断，就很难有机会重生。朋友曾讲述她女儿的故事：老师请孩子们说说自己希望成为什么，小朋友大多选了可爱的植物、小动物，可她的女儿却说希望自己成为一块钢铁。问她原因，她说这样可以不受伤害。这个教养很好、清秀文静的孩子，究竟在学校里受到了什么样的伤害，才产生了这样的愿望？我知道她喜欢文学，但不擅长做语文阅读题；数学（尤其是“奥数”）学得有些吃力；喜欢音乐和舞蹈，但那些不能体现在老师关注的成绩单上。她在文学和艺术上的天分，如果遇到一位立川老师，一定会得到鼓励；这么多学科的老师中，只要有一位立川老师，她就不至于希望自己变成一块钢铁。朋友是从别的家长那里辗转知道了女儿的这个回答，非常难过。好在孩子有她这样一位温柔明理的母亲，或许可以弥补学校教育的伤害。

有学者指出，孩子的创造力无法培养，只能唤醒与守护。我们所能做的，是小心呵护那些精致脆弱的幼芽。给它们阳光、水分与自由生长的空间，它们就能长成参天大树。

13. 多给孩子一点柔性空间

城市规划师将空间分为两种——硬性空间、柔性空间。硬性空间即钢筋、水泥等所构建的空间，柔性空间则指树木、草地、水面等组成的空间。前者缺少自动调适的功能，容易形成热岛效应等不良气候现象；后者则不仅可调节自然环境，还可让人们身心放松，有利健康。

我们的教育也可以借用这两个概念，并反思：我们给孩子提供了什么样的空间?

法国新浪潮电影的开山作之一《四百击》中，少年安托万热爱巴尔扎克的小说，以至于那些文字深深烙印在他的脑海中。一次写作中，他不自觉地借用了巴尔扎克的文字来描述“祖父之死”，感受到写作的巨大激情。老师读到之后，未与他做任何沟通，将之视为抄袭，当众羞辱嘲笑。如迷途羔羊的安托万，本可借对巴尔扎克的热爱作为起点，在阅读与写作中逐渐找到心灵的归宿，但被这次“抄袭”事件打断。在家庭和学校中都得不到爱与理解的安托万逃学，偷窃，成为不良少年，最终被送进了少管所。

这部电影取材于导演特吕弗本人的早年生活。比安托万幸运的是，在自己的人生转折点，他得到了声望卓著的电影评论家巴赞的帮助。巴赞将这个没有父亲的年轻人庇护在自己的羽翼之下，帮助他摆脱动荡不安的生活，走上电影之路。特吕弗曾一再表示，是电影挽救了他的人生。不妨设想一下，如果当初特吕弗的作文交到了巴赞的手里，他是否可以少走好长一段弯路?

刻板生硬、没有爱与尊重的硬性空间，只会让孩子也变得生硬凶暴。

弥漫社会的戾气，或许正来源于这样的“硬”。温柔的爱与鼓励却如春风，让孩子冰雪中的心灵解冻，舒展，自由生长。

英格玛·伯格曼的电影名篇《秋天奏鸣曲》，深刻描述了一对母女之间的情感纠葛。英格丽·褒曼扮演的母亲是一位杰出的钢琴家，在七年的离别之后，与女儿重逢。在一次深夜的对话中，女儿借酒吐露长久积郁的心声：母亲一直忙于事业，疏于照顾她和父亲；而在仅有的一次较长时间的相处中，母亲又以专制的方式去塑造女儿的外形、性格，带给她巨大的伤害。女儿尖锐地指出，母亲实际上缺乏爱的能力，只在意得到别人的爱，却不愿或不懂得付出爱。这种爱无能及其造成的不幸，也遗传给了女儿，毁了她的一生。母亲面对女儿的指责，回忆起了自己的童年时代：父母很少触碰她，无论是爱抚还是惩罚。在这种冷漠的关系中，她无法建立起对世界的真实感，只能借音乐表达自己的情感。的确，在电影中，我们可以看到母亲在音乐中对情感的杰出领悟与控制，但在现实的情感世界中，她却一直像个未成熟的孩子，即使到了暮年，依然不能给痛苦的女儿爱抚与宽慰。童年的不幸深刻影响了其一生及下一代，这种不幸代代相传。我们还可以追问，母亲的父母，又是在什么样的硬性空间里长大成人？

再看我们的社会，父母们一定会觉得自己给孩子提供了理想的柔性空间：全家都围着一个孩子打转，那么多的呵护与爱，还不够“柔”吗？事实果真如此？过度的关注与期望，如丝一般缠绕住孩子，构成一个幽闭的空间，让孩子喘不过气来。这种空间看似柔软，实则是另一种“硬”。而许多家长还存在另外一个问题，他们不吝金钱，送孩子上各种补习班，给孩子买昂贵的电子产品，却没有时间陪孩子一起玩，更不用说付出心力与孩子一起读读书，谈谈心了。曾有不少家长为孩子的阅读担忧，咨询合适的书目与阅读的捷径。我建议家长与孩子共读一些经典，这样对话就有了基础；好读书的家庭氛围对孩子的影响，胜于千言万语的劝导。但能这样去做的家长，少之又少，他们往往推说忙碌，但用于应酬、上网等的时间却很多。

我有一位同事，因担心儿子的人文素养，用周末办家庭读书会。一家三口一起读书，一人朗读，然后大家一起讨论。内容有孩子的语文课本，也有各种课外读物。读书会逐渐扩大，亲戚家的两个孩子也加入进来，饶有兴趣地发表自己的见解。其实，孩子的理解力远远超出我们的想象，即使是相对艰深的问题，他们也能有独特的思考，常带给成人意想不到的启示。同事说有些书如果让孩子自己去读，估计他是不愿意的；但大家这样一起读读议议，他就听进去了，想进去了；讨论完了，他自然也就有了阅读与思考的兴趣。

孩子们用天真的童声唱出心声："爱我你就陪陪我，爱我你就抱抱我。"或许柔性空间的本质正在于此：付出爱、时间、心力、智慧，让孩子建立真实感与安全感，那将成为他们一生最重要的基石。

14. 教育的代价

朋友推荐一部韩国电影——《春夏秋冬又一春》。这部富有禅机的影片，充满对人生的种种隐喻。我特别关注的是与教育有关的一段情节：顽皮的小和尚在山谷里独自玩耍，一时兴起，用绳子把小石头绑在小鱼、青蛙、蛇的身上。看着它们挣扎、喘息，他高兴得手舞足蹈。老和尚目睹了这一切，但并未直接制止这些残忍的行为。当晚，老和尚趁小和尚睡觉时，绑了一块大石头在他身上。第二天小和尚醒来，身上的石头使他举步维艰。他请求老和尚除去身上的石头，老和尚问他："你是不是也在鱼、青蛙、蛇的身上绑石头？你就带着这块石头，去把动物身上的石头解开，如果有一只动物死了，这块石头将永远绑在你心上，到死为止。"小和尚回到山谷里，发现鱼已死了，他只好默默地把它埋起来；青蛙还没死，于是赶紧将它松绑；蛇血肉模糊地死去，小和尚忍不住痛哭失声……

老和尚的教育方法可说是平静中蕴蓄着大智慧。判断善恶是非，易；让善深植于心，难。纸上得来终觉浅，更何况可穿耳过的枯燥宣讲。老和尚巧妙地使用了"情境体验"，让小和尚体会到身负大石的痛苦，不自觉地生发出众生平等的悲悯之心。幼儿教育中也有相似的智慧：让孩子带一个鸡蛋在身上，小心翼翼地呵护它，体会父母养育孩子的辛劳与不易；或让孩子绑重物在腰间与腿上，体验老人的衰弱无助，懂得体谅与照顾老人。

对电影，我也有一个小小的疑问：小鱼和蛇，终究是死去了。一次成功的教育，却付出了两条生命的代价，这个代价是不是太高了？另外，拍电影时，死去的小鱼与蛇，能否用逼真的道具代替？或许有人要笑我这是“吹毛求疵”“妇人之仁”，我的回答是，“这条小鱼在乎”，“这条蛇在乎”。

汪曾祺的小说，读者多注目于《受戒》这类作品的清新明丽、轻盈美好。其实，他也有些作品很“重”，很“痛”，比如不到700字的小说《虐猫》。“文革”中，几个天真的孩子像电影中的小和尚一样，只是因为无聊，便纵容天性中的恶，虐猫为乐。他们捉住一只猫，“玩死了拉倒”：剪去猫的胡子，猫就不停地打喷嚏；给猫尾巴上拴一挂鞭炮，点着了，猫就没命地乱跑；找四个药瓶子的盖，用乳胶把猫爪子粘在瓶盖子里，猫一走一滑。跟电影中的小和尚一样，看到小动物难受，他们却高兴极了。最后，孩子们想出了一种最简单也最残忍的玩法：“把猫从六楼的阳台上扔下来。猫在空中惨叫。他们拍手，大笑。猫摔到地下，死了。”

与电影不同，小说的背景并非世外桃源式的湖中孤岛，而是“与人斗，其乐无穷”的非常年代；小说中也没有老和尚那样的智者，能巧妙地化儿童天性中的恶为善——几个孩子的父亲，大多忙于“造反”，还有一位则“被造反”，天天戴着高帽子游街。而看“走资派”游街，看武斗，砸学校窗户玻璃，用弹弓打老师的后脑勺，都在这些孩子的“瞎玩”之列。

不受管教而被纵容的“恶”，有一天却戛然而止。孩子们又要从六楼扔猫了；却有一个人先于猫，摔到了楼下——是其中一个孩子的父亲，那位“走资派”，从六楼跳下来了。小说的结尾非常简洁与平静：“他们把猫放了。”

似乎有一位比老和尚更高明的智者，俯瞰这小小星球上的可笑争斗，然后以他沉默而冷酷的方式，让孩子们认识到“恶”的严重后果，从而制止了“恶”的进一步滋长。但这种智慧教育付出的代价也太高了，是人的生命。此之谓“天地不仁，以万物为刍狗”？

而每当我看到十几岁的孩子苍白而死板的脸，听到刚上小学的孩子感叹“活着真没意思”，我就会想，我们的教育付出了什么样的代价？

童年与青春的丧失，将造成什么样的恶果？虐待小动物，只被视为顽皮；竞争中的出人头地，才是头等大事。至于要付出什么代价，则不在考虑的范围。健康、道德，都可以置之脑后。孩子们积蓄的负能量，将来会以什么方式释放或转移？

学生因学业压力跳楼的新闻，这些年从未中断，以致人们都已经变得麻木，自动地将此类鲜血淋漓的“新闻”归入司空见惯的“旧闻”。如果一种教育必须以健康甚至生命为代价，那就连“不仁”的天地都比不上，因为天地不仁，只是无所作为地顺其自然，达到一种善恶的平衡；而逼人跳楼的教育则已经违背了自然，不仅没有培植善，反而不断地转善为恶。

教育是为未来耕作。但如果以违背科学与人伦的方式耕作呢？

辑 六

因为阅读，我感激并热爱自己的命运

1. “我就是一首诗”
——现代诗教学手记

现代诗的阅读与写作，是个大而困难的命题。这些年，我在课堂上、文学社活动中，尝试现代诗的阅读和写作，有些实践自己觉得还有些实效，在这里略做介绍。

“当我说‘寂静’这个词”

中外的现代诗作品非常丰富，学生的兴趣却不一定高。与其批评学生缺乏诗情，或空谈诗论，不如多带学生亲近诗歌，让他们爱上诗歌。教学时间有限，可更多地从短诗入手。早读和课堂多出来的零碎的几分钟，如一篇课文上完，离下课还有几分钟，或请几位同学板书回答问题(高三的复习课常用这种方式)，其他同学往往无所事事地等待。利用这些零碎的时间，我们就可以向学生介绍一首短诗并完成背诵。如顾城的《我的幻想》：

我在幻想着
幻想在破灭着
幻想总把破灭宽恕
破灭却从不把幻想放过

这是诗人 13 岁时的作品。一个少年已经对人生有如此清醒、冷峻的认识，这种早慧，让人惊异。

一种生活

〔丹麦〕诺德布兰德

你划亮火柴，它的火焰让你眼花缭乱
因而在黑暗中你找不到所要寻找的
那根火柴在你的手指间燃尽
疼痛使你忘记所要寻找的

诗歌的主旨可能是在寻找的过程中我们往往忘了目标，类似纪伯伦所说的“我们已经走得太远，以至于忘记了为什么而出发”。有意思的是，一个学生说他认为这首诗的主题是：人生的常态是，人得不到所追求的，即求之而不得。他说完后不少学生点头表示认同。他们这么早就认识到人生的常态是求之而不得，很多残酷，很少幸福，同样让人惊异。顾城 13 岁时是 1969 年，我们能想象其时代背景。这么多年过去，我们的少年有相似的人生体悟，是我们的时代、我们的教育该反思的。

三个最奇怪的词

〔波兰〕辛波斯卡

当我说“未来”这个词，
第一音方出即成过去。

当我说“寂静”这个词，
我打破了它。

当我说“无”这个词，
我在无中生有。

短短三个诗节，充满了哲思。我轻轻念出这些诗句，少年们的眼睛像星星一样闪亮。

这样的短诗，两分钟就可以完成背诵，三年下来，就能有不少积累。与其他体裁相比，诗歌可以用最短的篇幅带给我们最深的触动，或最富启发性的思考。费时不多，收获很大。当然，现代诗之外，也可加入精短的古诗。

我曾经建议学生早晨读一首小诗，临睡前再读一首。只需几分钟，就可以让自己的一天在诗歌中开始，又在诗歌中结束，用诗歌连缀起自己的生活。

“玫瑰，你的裸体化作优美”

如果时间稍微充裕些，比如有二十分钟，我们就可以精讲一首短诗。分析诗歌的主题、炼字、艺术手法等，平时教学中已用得很多，而且机械的或过于精细的文本分析，学生的兴趣往往不大，这就需要我们发挥想象，寻求突破。我常用的方法有以下几种。

一、朗读。我常用的方法是一人一行法：不是常见的要求学生富有感情、抑扬顿挫地完整朗读，而是一人一行，全员参与。比如一首十行的诗，读五遍，全班每位同学就都能读一行。学生的朗读可能符合原诗，也可能不符合，形成一种有趣的差异与对照，和原诗构成张力；或者正可以作为一种提醒：不能这么糟蹋诗歌。不同学生朗读的轻重缓急，学生与学生间停顿的长短不同，也构成了诗歌不同的节奏。这样，同一首诗，就有了丰富的演绎。

第一轮，从头到尾，第二轮，则从尾到头。学生会发现，倒读往往别有意味。因为与其他体裁相比，诗歌往往省略，跳跃，倒置，错位，以达成一种奇异的效果。倒读还可能构成新的诗歌主题，如顾城《我的幻想》，倒过来读，把“却”字移一下：“破灭从不把幻想放过／幻想却总把破灭宽恕／幻想在破灭着／我在幻想着”，又是一首完整的、新的小诗。原诗提醒我们“幻想的破灭”，倒置后，却还是“坚持幻想”，颇有屡战屡败、屡败屡战的执着。

以《小银和我》为人们熟知的西班牙诗人希梅内斯，写过一首非常优美的小诗《你的裸体》，也可如此调整。原诗为："玫瑰／你的裸体化作优美／／泉／你的裸体化作水／／星星／你的裸体化作心灵。"可以整首诗倒置，也可句内倒置，如"优美／你的裸体化作玫瑰"。原句是从具象到抽象，改句则从抽象到具象，别有韵致。

二、拟标题。通过拟标题，把握诗歌最重要的主旨。如顾城的这首诗：

修个平台
建个厕所
生命生活微微相合
砌个梯田
搭个鸡窝
生命生活悄悄错过

生命助长生活叫创造
生命毁坏生活叫罪恶
生活中有生命
　　生活才有意义
生命中有生活
　　生命才有依托

祝愿我们永远幸运
生命的力量不要太强
生活的惯性不要太弱

这首诗深刻地揭示出关于生活与生命的哲理：每个人都必须在生活与生命间寻找到适合自己的平衡，否则就会堕入悲剧。诗人最后的悲剧，可能就是因为生命的力量太强，生命毁坏了生活。而对我们常人来说，却往往是生活的惯性压抑着生命。

我让学生完成第二诗节的背诵后，为这首诗拟个标题。学生很敏感地提取出关键词:生命、生活。我问他们是生命与生活，还是生活与生命？这里关系到生命、生活孰重孰轻。同学们做出了自己的选择；也有些同学认为两者同样重要，而且形式上的先后，并不必然对应着价值上的轻重，所以这个排序的推敲没有意义。有位同学将这两个关键词压缩成了“活命”，我非常吃惊，问他有没有读过这首诗，他说没有。我告诉学生原标题正是“活命歌”，多了一个“歌”字。我接着追问学生有什么不同，他们说多了一点朴素的民歌味，而民歌正擅长以朴素的形式揭示深刻的道理，符合这首诗的特点。

三、就一首诗提一个你认为最有价值的问题。郭初阳老师曾经给初三的学生上里尔克《严重的时刻》一诗：

此刻有谁在世上某处哭，
无缘无故在世上哭，
在哭我。

此刻有谁夜间在某处笑，
无缘无故在夜间笑，
在笑我。

此刻有谁在世上某处走，
无缘无故在世上走，
走向我。

此刻有谁在世上某处死，
无缘无故在世上死，
望着我。

郭老师请学生就这首诗写下一个自己认为最值得探讨的问题；四人一小组，选出大家认为最有价值的那个问题，呈现给全班同学。学生的问题丰富而精彩，启发我拿到高中课堂来做尝试，看看不同年龄孩子的思考的差异。我先让学生完成背诵，提醒他们四个诗节的细微差异。与郭老师不同的是，我请每位同学写下一组关于这首诗的问题，最后只保留一个，在比较、筛选的过程中，学习如何高质量地提问；再将留下的问题呈现给大家，保证每位同学都有机会展示自己的问题。学生的问题集中后，大致可分成四块：

①“谁”是谁？“我”是谁？“我”与“谁”的关系？

②为什么是“无缘无故”？

③为什么诗人选了“哭、笑、走、死”四个动词？先后顺序如此，是无意还是有意的安排？如果你来安排，会选哪些动词？如何排序？

④诗歌何以体现出“严重的时刻”？——诗中是“此刻”，标题中为什么用“时刻”？又何以体现“严重”？

这些问题与初三学生的问题有重合，在细节与深度上又有所推进。第一组问题追问“我”是谁，“我”与他者、世界、自我的关系；第二组追问“我”为什么存在；第三组思考生命的过程；第四组关注时间的重量。这些关于“人”、关于生命的终极性、根本性问题，不仅能帮助学生深入思考诗歌本身，也促使他们直面这些最严肃、最困难的哲学命题。尼采曾说：“人被最严肃、最困难的问题包围着，因此，如果他通过适当的方式被引向这些问题，就会及早接触到那种持久的哲学性的惊异，唯有基于这种惊异，就像植根于一片肥沃的土壤，一种深刻而高贵的教育才能生长起来。”学生关于这些问题的讨论也很精彩，限于篇幅，不再展开。其实，答案的追寻已不重要，重要的是借诗歌唤醒学生潜在的“诗性气质”与“哲学困惑”，培养如尼采所说的持久的哲学性的惊异、深刻而高贵的诗性。

如果有一节课，则可以精讲一首长诗，同样可以用以上这些方法；背诵则可摘录其中一段。

“苹果中有一座寺院”

至于现代诗的写作，我觉得简直不能教。哪个诗人是教出来的呢？只能说是以诗歌的广泛阅读和写作实验，去唤醒学生的诗心、对生命的热情。其实，有对生命的热情就好，不一定要化成有形的诗。生命里有无言的诗，比风花雪月地强说愁，写上几句“青春体”或“梨花体”重要得多。这里也只能简单地说说我在“唤醒”方面所做的一些尝试。

我的诗歌写作教学，往往还是和阅读连在一起：和诗人一起写诗。用得最多的方式是续写。如墨西哥诗人帕斯的作品：

在大海的黑夜里，
穿梭的游鱼便是闪电。
在森林的黑夜里，
翻飞的鸟儿便是闪电。

在人体的黑夜里，
粼粼的白骨便是闪电。

我隐去最后两行与标题，让学生续写，并提醒他们，诗歌最重要的是“新鲜”，应力避平庸。

学生注意到了比喻和排比的修辞，注意到了黑夜与闪电的对比。有些还是停留在一般的青春励志：“在生命的黑夜里，含笑的高歌（绚丽的青春）便是闪电。”“在精神的黑夜里，坚定的意念便是闪电。”有些直击心灵：“在心灵的黑夜里，微微的悸动便是闪电。”“在灵魂的黑夜里，绝望的呐喊便是闪电。”后一句可为在绝望中构筑希望的鲁迅作注。有些关注爱情，且不同的诗句正好可前后相连，这种巧合也让学生觉得很有意味：

在时空的黑夜里，你我的存在便是闪电。

在你的黑夜里，我便是闪电。

在爱情的黑夜里，交汇的目光便是闪电。

“在时空的黑夜里，你我的存在便是闪电。”不一定只关乎爱情，更可以看作对生命存在的一种审视。“在你的黑夜里，我便是闪电。”我注意到这个学生划去的句子是“在灵魂的黑夜里，所爱的人儿便是闪电”。显然改句更简明，更有直击心灵的力量。还可以比较一下人称，如“在你的黑夜里，我便是闪电”，有一种自信在其中，知晓自己对于对方的意义。如换成“在我的黑夜里，你便是闪电”，则更多地向对方表明自己的爱情，强调对方之于“我”的意义。

比较特别的有这样几句：“在旅途的黑夜里，响起的汽笛便是闪电”使用了通感。“在瞳孔的黑夜里，惊醒的眼白便是闪电”，奇特的想象，造成奇崛之感，或许也受到了“黑夜给了我黑色的眼睛，我却用它寻找光明”及其调侃版“黑夜给了我黑色的眼睛，我却用它来翻白眼”的启发。同学们最欣赏的是这句：“在晃眼的闪电里，连翻飞的燕尾蝶都成了黑夜。”一般的续写都整齐地保留原句式：在____的黑夜里，____便是闪电。这句则将“闪电”与“黑夜”倒置，整句的意境，也体现出新鲜的诗思。诗最重要的本质，也许就是带我们以新鲜的视角重新观察、感受与思考世界，其内容与表达，都应当与众不同。这句在这一点上做得很好，所以赢得了最高的认同度。

这个环节结束后，我告诉学生原句为“世界，你一片昏暗，而生活本身就是闪电”。标题是“朦胧中所见的生活”。有意思的是，有些同学认为所谓的“大家手笔”很平庸，大失所望。

新疆作家李娟的长诗《唯一的苹果唯一的诗》，由 32 首关于苹果的短诗组成，涉及丰富的主题，流动多变，时见“最小的森林在苹果里／

最小的风也在苹果里／最小的大海在苹果里／最小声的呼唤／也在苹果里”这样的隽语。我请每位学生续写一首关于苹果的小诗。学生的诗心使我惊喜，充满灵性与想象力的诗句举不胜举：

（一）

苹果说
我不用写诗
我就是一首诗

（二）

我们的世界说不定
就在苹果里
正如苹果
在我们的世界里

（三）

苹果的第零个故事
它来自天空
那是月船在黑暗中行驶时
女神的桨
溅起的星尘碎末

（四）

我削好一个苹果
你不来
它像岁月一样锈蚀了

（五）

苹果中有一座寺院
没有古钟，没有佛像
没有尼姑，没有和尚
一个苹果
跪在中庭上

这类写作看似只言片语，过于零碎，其实可以很好地调动学生写诗的热情，对语言、意象、情绪、思维的敏感，进而延伸至对其他文体写作的热情，对生活的敏感。这些正是支撑日常写作的根基。以读带写，原作的高起点，也保证了写作的质量。课后，可将原诗和所有续诗印成一张讲义。主题相似的，可以连在一起，比较不同的表达，借此培养学生精微的鉴赏力。还可以请同学们选出自己最喜欢的诗句，说明理由，讨论交流，看看什么样的诗句最受认同。

与续写相似的，还有摹写。摹写并非机械的模仿，可以跳出原诗，有更多自我的创造、诗性的想象。比如，顾城的长诗《我是一个任性的孩子》是大家熟悉的名篇，我要求学生以“我是一个________的孩子”为题，写一首小诗。

学生的作品童趣盎然。光看标题就很有意思：“我是一个等雨的孩子”“我是一个天空的孩子”“我是一个收藏影子的孩子”“我是一个熊孩子”“我是一个核桃般的孩子”“我是一个想当老婆婆的孩子”……

其中有两首特别打动我。一首有童话般的俏皮与甜美：

我是一个不会写诗的孩子

我是一个不会写诗的孩子
我去捉那些蹦跳的字
在我想写诗的时候

我走过每一块麦田
绿色的或金黄色的
还有每一根地平线
我急急忙忙地跨过它们
于是下一根地平线
还在晚霞的怀里
咂着嘴睡得香甜
我看见许多的小花
我和它们一起唱歌
差点忘了写诗
路过的青蛙不满地鼓着腮
我又上路，找啊找
找到每一根地平线睡了又醒
可是那些字呀
却躲进无花果的花里
它们就是不肯在纸上规规矩矩地列好队
变成一首诗
我写的诗

有同学提出修改建议：开头两句，均以“我”开头，可保留一个“我”，使表达更简洁。有同学随即反驳说：“‘我’……‘我’……更符合孩子说话的习惯。”另有同学建议注意押韵，使诗行更整齐。反对的同学则认为这首诗活泼俏皮，蹦蹦跳跳，形式与内容正好相符，不必压缩成整齐呆板的豆腐块。

另一首则很温暖：

我是一个温暖的孩子

我觉得温暖

我不知道为什么
我不问为什么
只是想到暖暖的黄昏的光线

我也总爱感受那黄昏的温暖
感受咖啡杯里的热气
我想在初秋的黄昏
用暖意
让知了多叫一夜

读这首诗，恰巧是在一个黄昏，这个孩子心里的温暖，也浸染到了我的心里。

现代诗的写作，我想强调一点，学生这次写了什么，写得好不好都不重要，关键在于唤醒其诗心，让他有持久的诗情。诗的种子一旦播下，他们会发现，“万物静默如谜”，诗意俯拾皆是：“梧桐叶镶在泥地上，梧桐树的枝杈镶在天幕上。经过秋天的燃烧，都静下来。”“落满了鸟的树，长出黑色的叶子。一竹林的鸟沸腾了。”“远处密密的树枝，兜不住砖红的落日。”在诗歌里浸润过的孩子，到老了，气质也不会猥琐。

诗歌的写作，还可以贯通其他文体，乃至其他艺术形式。比如鲁迅的小说《孤独者》和《在酒楼上》，有鲁迅式的浓黑的悲凉，有浓郁的抒情诗的气质。能否以一首诗来和小说？比如蒙克的名画《呐喊》，深刻地表现出现代人绝望与虚无的生存困境。能否以一首诗来表现这幅画？诗歌的阅读，也可以如此打通。许多诗歌充满了画意，能否将其转成一幅画？或尝试以小说或散文来和一首诗？瑞典诗人特朗斯特罗姆有一首《黑色明信片》：

生活中，死亡有时会登门
丈量人体。拜访被遗忘
生活依然在继续。但尸衣

在无声中做成。

能不能受此启发，写一篇小说？

带学生背诵《三个最奇怪的词》几天后，我收到一位男生的短信。“辛波斯卡说：说出未来，即成过去。佩索阿说：写下就是永恒。当‘未来’与‘过去’落于纸上，辛波斯卡已然创造了永恒。”这位男生很有意思，擅写北岛风格的诗，平时却极有喜感，课间常听见他极富特色的大笑，让人感叹“人”的丰富性。我给他回了短信：“文字里的你，忧郁而深思，与平时充满喜感的你迥然不同。辛波斯卡有一诗《写作的喜悦》，恰可证明永恒。”

常有人感慨，这是个读诗的人比写诗的人还少的时代；同事们也常忧心于现在的学生很难静下心来读一点诗了。对此，我有不同的判断。作家筱敏曾说：“一代人和一代人看着区别很大，简直处处都起冲突，但拉长几十年再看，其实也就是流风的一点不同，越往深处，同的东西越多。毕竟人的精神和情感是千万年积淀下的，不说是沉积岩，也是珊瑚礁，变幻的不过是水草和水面的泡沫而已。”我认同这个比喻。对世界与自我的哲学性的惊异，深刻而高贵的诗性，潜藏在不同时代的每个孩子的心灵深处，作为教师，我们如果不能将其唤醒，擦亮，至少不要蒙蔽甚至扼杀了那最珍贵的灵性。

2. “生命绚烂在树上”

——树人文学社活动手记

南京师范大学附属中学为学生提供了丰富的社团活动，树人文学社是其中比较特别的一个。与那些热闹的社团相比，文学社的活动一直很安静，像是周五下午图书馆一角的一个小小的文学聚会。学生报社团一般都追求新鲜，文学社却有不少老社员，有些甚至是几个学期的老社员。高三可以不上社团课，但他们还常常回来，有时还带上自己的一二好友。也偶有毕业离校的老社员回来，大家围坐倾谈，真有家的感觉。

曾有学生问我，树人文学社的宗旨是什么。我回答说是文学，且是广义的文学。文学社并非一方安静的桃源，文学的作用也不只是安抚心灵。真正的文学如鲁迅所说，当“撄人心”。如果在文学中感受到困惑、痛苦甚至陀思妥耶夫斯基式的灵魂考问，或许正是更有价值的收获。文学不是书斋里的自说自话，自我陶醉，它像生活一样广阔而生动，可与历史、政治、哲学等广泛打通。真正的文学创作，也绝不是精致的文字游戏，而是作者积极生活与介入世界的方式。因此，文学社的活动丰富多样，即使形式相似，内容也很少重复。有学生告诉我，他们外出参加文学社的交流活动，其他文学社的社员往往会抱怨要完成许多写作任务，似乎文学社的活动主要就是写作。他们则很幸福地告诉对方：“我们有各种各样的活动，要写的东西很少，但很有意思。”

回顾树人文学社这些年的活动，主要有两大类。

“其实有一百”

一类是阅读与鉴赏。

活动使用的文本很丰富，有小说、诗歌、童话、绘本等，体裁、主题、风格都很开放，只有一个共同的标准：文质兼美。文学社使我的日常阅读多出了一重视角：从长度、内涵、解说空间等角度看，这个文本适合文学社活动吗？如果适合，我会很兴奋地准备材料，等待“奇文共欣赏，疑义相与析”：同学们的品读，往往带给我意想不到的惊喜。他们有好的文本，也会及时推荐给我，不断提供“源头活水”。

我们用整整一次活动的时间逐句朗读当代女诗人杜涯20页的长诗《星云》：“……生命绚烂在树上，美在一滴雨里，美在清晨的露水和谷物的成长中……”我们诵读像《西洲曲》那样“摇曳无穷，情味愈出”的古乐府：“忆梅下西洲，折梅寄江北。单衫杏子红，双鬓鸦雏色……”我们传阅绘本《有一天》《一首救了鱼的诗》，看图，读文。读新美南吉的童话《去年的树》，读卡夫卡的短篇小说《日常的困惑》，也读同学们自己的作品。我与学生的阅读在不断更新，因此鉴赏的文本也不断更新，几无重复，这也是社员们几个学期同在文学社而不觉厌倦的主要原因。

读的关键是入心，形式则不拘一格，有齐读，分组读，一人读一句，默读等。这个环节必不可少，是鉴赏的基础。鉴赏的形式要活泼多变，最好能落实到有趣又有效的具体的语文活动中。比如，诗歌可拟标题，续写，仿写；小说、童话可用一句话概括主题，续写结尾，进行角色体验与想象等。即使是直接的鉴赏点评，也避免与课堂相似的形式与内容。

限于篇幅，略举两例。

比如，《西洲曲》的赏析，避免鉴赏辞典式的语言与思路，而换用以诗注诗的形式：选出整首诗中最喜欢的一句，用简明的一句话（文言或白话均可，最好也有些诗意，甚至就是一句诗），阐述诗境或说明理由。写完后大家依次传看，同样用简明的一句话接着作注。如几位同学选了同一句，可将注集中到一张纸上再传给其他同学。最后，每一位同学选的那句诗，都有了二三十条富有诗意的注解，其中有些还形成有趣的呼应或对照，极大地丰富了原本单一的注解。而同学们选出的最喜欢的诗句，有些是不少同学共同的选择，大家会敏感地意识到这往往是诗的精华所在——诗的好，总有一些共同标准可依；有些诗句只吸引了一两位同学，大家在加注的过程中，也会仔细地品味原本忽略了的美——美又是多样的、因人而异的。挑选最喜欢的诗句，吟哦品味，捕捉自己精细的感受，寻找准确而富有诗意的表达：对诗歌精微的鉴赏力及表达力，即在其中慢慢生成。

再如，我有学生亲身经历了一个发生在火车站的温暖故事，她将之记录成文，传递给我，我又传递给了文学社的同学们。一个男孩在火车站收到他喜欢的女孩的短信："等车时，拿件厚点的衣服披在身上，当心着凉。如果你一个人觉得无聊，可以给我发短信或打电话，我的手机彻夜都会开着的。"他非常感动，以至于找不到合适的语言去回复，于是向恰巧坐在一旁的"我"求助。

我请学生三选一完成角色体验：1. 如果你喜欢的人正独自在火车站，你会给他发条什么样的短信？ 2. 如果你独自在火车站，收到这样的短信，怎么办？ 3. 如果你是故事中的"我"，会给那个男孩什么建议？

学生的回答各个不同，正如教育家马拉古奇那首著名的童诗《其实有一百》所言："孩子有一百种语言，一百双手，一百个想法，一百种思考、游戏、说话的方式，一百种倾听、惊奇、爱的方式，一百种歌唱与了解的喜悦。"这些不同组合起来，就是无穷的生活与无穷的故事。大家觉得最打动心灵的是："如果我是那个男孩，我会什么也不说，赶回那个女孩身边，还是什么也不说，轻轻地拥抱她。"最后我建议喜欢这个故事的同学，以自己的角色体验与想象为基点，拓展成一篇完整的小说。

这样一次活动里，有情感的传递、语言的推敲、情节的想象。更重要的是，短短的角色体验，或许只是一个个"我"从自己熟悉的生活中撷取的碎片，但二三十位同学的碎片组合在一起，却让我们看到了“人”与“生活”的无限可能。这种无限可能性，会吸引人情不自禁地生活，体验，想象，描述。或许一些优秀的小说家，正从中诞生。

有意思的是，那天回家的公共汽车上，我巧遇文学社的一位同学。她正向几位好友讲述这个故事和这次活动，有些细节记不清，正好请我补充。文学，就这样延伸到了文学社之外。

“雨在夏天的表面写滴答”

另一类是文学创作。

每次活动的时间一般在一小时以内，要完成写作及交流讨论，这就要求我设计短小而有意味的写作活动。除了之前提及的与文本鉴赏结合的续写和仿写等，还有很多。如找一首喜欢的古诗或其中的一句，改写或扩写成一首现代诗。句子接龙：每位同学想一句简洁而有接续空间的话，如王熙凤的“一夜北风紧”式的；大家选出最喜欢的开头（如“学校里有一只猫”“我是认真的，别嘲笑我”等），然后依次接一句话，最后组成一个完整而又富有流动性的文本。从自己熟悉的方言中找一个生动的、很难解释清楚又无可取代的词，设置一个情境（对话或故事等），表现这个词的内涵。杜甫有诗云“飘飘何所似，天地一沙鸥”，顾城则将自己想象成一只有“很多很多浆果一样的梦和很大很大的眼睛”的树熊；请你也将自己幻化成某个形象，并为其想象一个合适的环境。

这类写作与文本鉴赏一样，因为不断有源头活水，所以很少重复，核心在于趣味性、想象力与表达力，且费时不多。学生认真参与后，往往有意想不到的收获：发现自己竟然有这样的写作能力，从而获得自信；同学之间交流时，又可以彼此启发，对同一主题有开放而深入的理解与表达。我曾设计这样一个情境写作：校园里的湖中有许多美丽的观赏鱼，请闭上眼睛，想象你正凝视着这些活泼地游来游去的鱼儿。如果你可以和它们对话，你会问它们哪些问题？学生的问题颇有意味：

你喜欢湖中间那个橘黄色、傻乎乎的喷泉吗？

你闻得到食堂飘出的饭香吗？

你感冒会流鼻涕吗？

你的兴趣爱好是吐泡泡吗？

小时候，你妈妈有没有轻轻地牵着你的鳍，隔着翠绿的水波去看游人？

她会不会笑着向你解释，岸上的生灵不能冲破空气的界限？

她会不会耐心教导牙牙学语的你：看！那岸上的，是鱼！

你们这样成群结队生活在一个透明的空间里，会不会也希望能有一个独立的、可以将自己遮蔽起来的空间？

阳光洒在我的身上，这是一个初春的上午，我觉得很温暖。阳光经过水面照在身上是什么感觉呢？你们也觉得温暖吗？

这些想象延伸至许多层面，有对鱼的生命状态的关注，有对人类生活的反思，有突破障碍彼此交流的愿望……平时只是作为观赏对象和生活背景的鱼，成了可以对话的、有灵魂的生命。“轻轻地牵着你的鳍”的细节想象，更是神来之笔，本于母亲牵自己手的童年记忆，又巧妙地契合了鱼的体征。当这样的想象成为习惯后，校园里的草木、街上的行道树、邻居家的小狗，都可以成为有意思的对话者，久而久之，就可以积累起丰富的生活体验和写作资源。

对于大多数写作活动必须即时完成的要求，学生也提出过不同意见：短短的几分钟，有时候会出现思维短路，很难进入灵感迸发的写作状态。因此我做了调整，将有些活动拆成两次，给学生更多酝酿的时间。同事张小兵老师曾开过一节构思新巧的公开课，名为“词语碰撞出的诗意”。我受启发，做了调整，强化“碰撞”和“诗意”，拿到文学社来尝试。我请每个同学随意写一个词，此时想到哪个词就写哪个词；把大家想到的词记录下来，从所有词中选出你觉得最不搭的两到四个词；每位同学展示自己选出的这组词；活动结束后，写一首十行以内的小诗，要求必须嵌进你认为最不搭的这一组词（如果觉得其他同学的一组词特别有意思，也可选用）。同学们想到的词如下：静／滴答／葡萄／青菜粥／夏天／青年人／闸门／伪善／呆子／白开水／写／花裙子／芭蕉／雨／胃／技术教室／路灯……

第二次活动时，学生告诉我，他们用了许多零碎的时间琢磨诗句：上学路上，中午排队打饭时，临睡前……有同学甚至用“痴迷”来形容自己的状态。最后，大家选出了最喜欢的三首诗：

往往是
一个青年人肩住了技术教室的闸门
放一群呆子到光明开阔的地方去
于是这世界上充满了既得利益者
　　　　　　　　二元论者
　　　　　　　　沉默者
和一个更大的技术教室

雨在夏天的表面写滴答
滴答在芭蕉叶子上写静
饿在第九节课的技术教室写胃
胃在刚醒的路灯下写青菜粥
浑浊的灯光在丢掉月亮的天空写夜
短了一截的花裙子在失落的月色里写“呆子”

青年
　　迅速苍老
老者

一直死去

孩童

从未出世

第一首诗巧妙地化用了鲁迅的名句，对教育做了深刻的反思。普通的“技术教室”，成为含义丰富的隐喻：我们的教育体制，正像一个技术教室；而分工细密、高度组织化的现代社会，正像一个庞大的技术教室。我们的教育培养出的，并非鲁迅理想中奔赴光明开阔之地的进步青年，而是精致的利己主义者、思维简单的二元论者、沉默的大多数。

第二首诗灵动活泼，意料之外、情理之中的词语搭配，营造出浓郁的诗意。这诗意并非虚无缥缈，而是融入了作者的生活体验，开头两句则颇有俳句的意韵。作者告诉我她本想从头至尾使用顶真，但最后两句怎么也接不好，只好放弃。我说如果那样反而刻板了，现在这样或许更有“乘兴而来，兴尽而返”的随意之美。

第三首诗则无疑是凝练的概括、冷峻的哲思。十六七岁的少年能写出这样的诗句，令人震惊。需要说明的是，第二首诗嵌进的词语有十一个之多，而第三首诗则只嵌进了“青年”，但都得到大家的高度认同。最重要的是作品本身的质量，而非符合要求，嵌入框架，这是写作的本质，也是文学社活动的宗旨。

另外，正式活动之前，我们往往有一个小小的热身——背诵。精短的中外诗歌是最适合的背诵材料，除此之外，各种短小的材料，都可以拿来让大家感受韵律、情感与思维之美。如一个趣味与诗意兼具的绕口令：“黑鸟衔了一朵黑花拜访黑猫，黑猫不喜欢黑鸟衔了一朵黑花，黑鸟衔一朵黑花伤心地飞进了黑云里，黑猫张大眼睛看不见黑鸟、黑花和黑云。”如一段祈祷词：“请赐我沉静，去承受我不能改变的事；请赐我勇气，去改变我能改变的事；请赐我智慧，去判断两者的区别。”文学社活动是在周五下午的最后一节课，这样的热身仅需短短几分钟，就可以让学生从疲倦中跳脱出来，迅速进入专注而兴奋的状态。日积月累，这些背诵材料也成为他们独特的文学储备。

还有一些应时的活动，比如新学期开始，谈谈为什么选择文学社以及对“文学”的理解；新年到来时，交流一下新年愿望；学期结束时，说一句临别赠言等。

带文学社多年，文学社与我的生命越来越不可分割。在图书馆一个安静的阅览室，我和一群少年读读写写，讨论交流。青春和诗性，在这个小小的空间里静静燃烧，我常常觉得，自己枯涩的生命，也因此而重获生气。我可以没有任何负担地与学生分享与现实格格不入的诗意，他们会用明亮而专注的眼神凝视你，用语言或沉默回应你。真诚的语言是诗，把心沉在里面的静默，更是诗。文学社，渐渐成为我课堂之外的另一个“自己的园地”“半亩方塘”。

文学社的学生，来自全校的不同班级。我记学生的名字很慢，一学期下来，我记住了每一张面孔，却未必能记住面孔所对应的那个名字。学生对我却很宽容，给予了我许多温暖和鼓励。其中不少在毕业后仍与我保持联系，说说近况，互荐好书。为此，我甚至感激命运，让我拥有了许多成人世界里难得的知心朋友。

我曾收到这样的邮件：“学生业已休学，明年再上高二。目前每周五来一次学校，只为听您的社团课。说这件事是为了告诉您，您的课在我和同学们心中是极重要的，希望您莫要有压力，但愿有欣慰。”我也曾收到已离校的社员的明信片，密密麻麻的小字，书写着问候和思念。

这样的温暖和鼓励，让我欣慰，可的确也多了不少压力：我当得起这样的信任和期许吗？我比以前更用心地准备每一次活动，细心推敲每个环节。过犹不及，如此在意，效果不见得好，但学生依然很包容。一片冰心的少年们有最敏锐的直觉，他们最在意的是通过语言文字感受文学之美，实现心灵的互访。我们需要做的只是：用爱和想象力种下一棵大树，青春和诗性，自会在树上绚烂盛开。

3. “手里拿着锤子”

——我的阅读和教学

首先要说明的是，跟阅读相比，我觉得生活更重要。一个教师如果能在阅读以外培养广泛的兴趣，对实实在在的生活、丰富的生命形态始终保持好奇和热情，我觉得更能给学生一种本质的热情，让他们热爱生命，相信未来。

而我这样除了阅读外，几乎没有什么兴趣和特长，恰恰是一种缺陷。“把自己和书关起来”，将书本置于生活之上，说到底是有些病态的。“纸上得来终觉浅”，我常常觉得自己的生活越来越苍白以至虚无。我也曾试图改变，不过以我的性格，改变很困难，后来也就慢慢接受了自己的这种状态。而让我苍白虚无的阅读获得一些生机，让我个人化的阅读具有一些社会价值的，是我的课堂、我的学生。教师身份，让我有机会和学生分享我的阅读体验，为此，我对命运心存感激。

除了一些自己比较感兴趣的专题外，我的阅读是比较随心、不太系统的。但我会始终保持一种职业敏感、教师视角。有一句话说得很有意思：手里拿着锤子，就会到处发现钉子。如果我们一直保持一个教师的敏感，就会发现可用到教学中的材料如源头活水，取之不竭。在对教材做充分的文本细读、不喧宾夺主、不满堂灌的基础上，适当引入丰富的高质量的材料，对保持课堂的高容量和新鲜度，会很有帮助。这些年的教学经验告诉我，学生很在意你课堂的“干货”是不是很多，他希望你能更多更好地呈现有价值的教学内容，而不是对课文进行过细的、有些枯燥和牵强的过度解读。

苏教版高中语文必修一教材修订后，第一个专题是诗歌专题。怎么样在高中起始阶段唤起学生对诗歌以至文学的热情呢？我觉得应当以诗唤醒诗，以诗情唤醒诗情。一位当代女诗人曾写下这样的诗句：“我有过一种经验／我有一种骄傲的眼神／我教过孩子们伟大的诗。”我告诉学生，这几句诗正切合我教这个专题的心境：“我骄傲，我将要教你们伟大的诗。这些诗，将与你的青春相遇，留下长久的印记。”接着“青春和诗歌”这个话题，我又引入一个材料。暑假里翻北岛选编的一本诗集《给孩子的诗》，觉得他的序言写得特别好，正好切合“青春和诗歌”的主题。

我和你们走在一起，未曾相识，如果遇上诗歌，恰似缘分。在人生的路上，你们正值青春年少，诗歌相当于路标，辨认方向，感悟人生，命名万物，这就是命运中的幸运。……我相信，当青春遇上诗歌，往往会在某个转瞬之间，撞击火花，点石成金，热血沸腾，内心照亮，在迷惘或昏睡中突然醒来。

雪花和花瓣，早春和微风，细沙和风暴，每个孩子的感受都是独特的，就像指纹那样不可重复——这一切都是诗意，但还不是诗歌，换句话说，诗歌即形式，是由文字和音乐性等多种因素构成的。

这些文字谈及诗歌的两个核心问题。一、诗歌的价值：相当于路标，辨认方向，感悟人生，命名万物。二、诗歌的本质：捕捉生命中的诗意——通过文字的排列和节奏、音乐性等——最终形成诗歌。而如何从诗意过渡到诗歌，正是第一专题教学的核心。

教学中，我有一个习惯：带学生看一本书中的某个片段后，会顺便推荐一下这本书。比如北岛的这本诗集，收录了不少名篇，对老师们来说，可能新鲜度不够，但对接触诗歌不多的学生来说，则保证了其经典性；同时也收录了不少普通读者不熟悉的作品，诗人的眼光保证了这些非名篇的质量。学生如果特别喜欢其中的某一首诗，他还可以继续阅读这位诗人的其他作品，由此可有更广泛深入的诗歌阅读。

这样由一个具体的片段进入推荐环节，我觉得比空谈阅读好。谈论读书，不如直接读书。我直接摘取一枝一叶，让学生看到它的青翠美丽，他会很迷恋，然后他可能就忍不住去看看那棵树，那片树林，树林所在的广袤的原野，原野上的天空……会由一个片段走向一本书，再到一个作家、一个主题，再走向相关的另一些作家、另一些作品，最终形成自己的阅读体系和精神谱系。

再比如，我读毛姆的小说《月亮和六便士》，看到有一段话很适合为黑塞《获得教养的途径》作注。课文中有两句话："我们先得向杰作表明自己的价值，才会发现杰作的真正价值。""教养得有一个可教养的客体作前提，那就是个性或人格。"毛姆则阐述了这样的观点：你先得向美（有价值的事物）表明自己的价值，才会发现美的真正价值。

为什么你认为美——世界上最宝贵的财富——会同沙滩上的石头一样，一个漫不经心的过路人随随便便地就能够捡起来？美是一种美妙、奇异的东西，艺术家只有通过灵魂的痛苦折磨才能从宇宙的混沌中塑造出来。在美被创造出以后，它也不是为了叫每个人都能认出来的。要想认识它，一个人必须重复艺术家经历过的一番冒险。他唱给你的是一个美的旋律，要是想在自己心里重新听一遍就必须有知识、有敏锐的感觉和想象力。

而毛姆的另一本小说《刀锋》的主人公拉里（以哲学家维特根斯坦为原型）登临山顶远眺日出的高峰体验，则可以与柳宗元《始得西山宴游记》中"心凝形释，与万化冥合"相通，使学生认识到此类超然物外的深度愉悦，超越了时代与地域的差异，关涉人类共同的终极性的哲学命题。

报纸上的一封读者来信，也会引起我特别的注意：

20世纪70年代，我曾当过几年看守所的警卫，见识和参与过对死刑犯的最后处理。……更有甚者，在河北有民间偏方说人的脑浆是治精神病（疯病）的神药，于是每有死刑，便有人通过关系托持枪执行者取死者的脑浆。而为了能彻底揭开死刑犯的天灵盖，持枪者又特意把子弹磨了又磨（据说能增大威力），枪决后被取走脑浆的犯人尸首更为惨不忍睹。

读这段文字，我的第一反应是可以为鲁迅的《药》作注：民众的愚昧与麻木多年未变——从人血馒头治痨病到脑浆治疯病。而那个年代被执行死刑者，很可能正是如夏瑜一类的先知先觉者。由此可见社会进步之难，也可以说明鲁迅作品超越他所处时代的长久价值。

总之，在阅读中保持教师的敏感，及时记录与教学相关的材料，我觉得对我的课堂很有帮助。在保证严肃的文学品位的同时，也会深深地吸引住学生。一旦他们有了对文学的热情，一切就都好办了。

当然，阅读与教学的结合，不只体现在课堂上。阅读影响了我的教育观，而教育视角也使我的阅读与一般读者有所不同。

读何其芳散文选，读者一般会注意其抒情的风格、优美的文字，而我则会对他所记述的民国时代的私塾教育、大学教育的细节格外留心。广受好评的齐邦媛的《巨流河》、王鼎钧的“回忆录四部曲”等个人回忆录，我在阅读时，会注意梳理其中教育史的线索。英国戏剧家品特被称为“威胁大师”，阅读他的作品和相关资料时，我也会注意到他的英语教师如何点燃了他对戏剧的热情，从而深刻地影响了他的人生。

鲁迅提倡文章“写完后至少看两遍，竭力将可有可无的字、句、段删去，毫不可惜”，我会联想到我们备完课，也应至少看两遍，竭力将可有可无的内容、环节删去，不管之前如何耗费心血，毫不可惜。刚工作时，备课往往是在做加法；现在则懂得，做减法更需要智慧与果敢。

还可以把阅读的对象延伸至更广的领域：读人，读生活，读世界。

听一位主持人说要随时关注现场气氛，调整节奏，我会想到课堂也是如此，我们要随时关注学生的状态，把“人”放在第一位，调整课堂内容与节奏。主持人说要找到自己问问题的方式，也许别人问这个问题是合适的，但自己问就不合适——什么样的人问什么样的问题，我也会想到，不应盲目借鉴所谓的好问题，而是要综合考虑学生的学情、所解读的文本、自己的阅读背景与教学风格等，提出合适的问题，激发学生的思维，自己又能很好地回应点拨，与学生有效对话。

看到粗暴对待老人的公交汽车司机，我会想：他经历了什么样的童年？父母是如何待人接物的？在求学阶段，如果有一个教师在他心上留下了长久的爱与温暖，他是不是就不会这样？跳广场舞的女士说，不能吃完晚饭就上床睡觉，所以必须跳广场舞，高考期间也不能停。我会想：她们如果在少年时养成了阅读的习惯，是不是就能享受孤独和宁静，不但不会打扰别人，还可以获得丰足的内心世界？

我不知道这样的视角是限制还是拓展了我对世界的认识，但它促使我深入地思考教育的意义，并努力将这种思考落实到日常工作中，从而也为自己个人化的阅读和单薄的生命寻找到些许意义。

4. 因为阅读，我感激并热爱自己的命运

遇见诗人

偶然间看到一个对民谣诗人、歌手周云蓬的访谈。周云蓬九岁时因眼疾而失明，从此陷落于黑暗。少年时代，他读非常有限的几本盲文书：《诗经》《唐宋诗选》《古文观止》，熟读成诵，融入血液，使他成年后的创作接上了古老的传统；就读于长春大学特殊教育学院时，他教同学一小时吉他，换他们为他读两个小时的书，从而有机会涉猎更多的经典。

周云蓬说，阅读是最好的自我矫正、自我健康的方式，阅读能改变一个人的思维，进而改变他的世界。“这世界提供给他的不算丰富，他靠着吮吸这一点点美，一点点趣味，拼命长出自己的精神世界。”主持人这样评价周云蓬的阅读。

可能就是这句话深深地打动了我——对于经常抱怨没有读书时间和环境的我们，这句话是最好的提醒。我找来他的诗集《春天责备》，开始对一本书、一个心灵的阅读。

谈自己的阅读，却从“遇见”一位诗人说起，是因为这个“遇见”的片段中，几乎包含了我所看重的一切阅读要素。

阅读应当是随性自然的。如同流水潺潺，开阔处一日千里，狭窄处随石曲折，遇到一丛美丽的水草，则低徊萦绕，依依不舍。人与书的相遇，如同人与人的邂逅，有其不可言说的奇妙。未来充满种种可能，对爱书人来说，未来的美好，至少有一大部分来自对阅读的期待——你不知道在下一秒会遇见一首什么样的诗，一个什么样的故事，所以要好好活着。

旷野上的树

随性自然，并非如转蓬般漂泊无着。我喜欢用另一个比喻来形容一种理想的阅读：树的生长。一些重要的母题如同主干，不断延伸出的新的子题、相关的作家作品，则如枝叶围着主干不断生长。在阅读中，生命的根基深入土壤，枝叶则朝着自由的天空舒展。其间，会有不同的风吹过，不同的鸟停栖，那些偶然的“遇见”，成为阅读中不期而至的喜悦。

回顾自己这些年的阅读，有一些词可作为关键词，构成自己生命的根基：美丽的诗性，汪洋恣肆的想象力，坚忍正直的品格，健全的理性。我向文字中寻找现实中鲜有的活泼生命力，那是土地里生长出来的坚韧与野性，是旷野上的自由，以此对抗刻板、功利、奴性与异化。

经典无疑是这些根基中最重要的部分。对为什么读经典，卡尔维诺有堪称经典的回答。他给“经典”下了十四条定义，强调了经典的不可或缺，使后来者很难再叠加什么。结尾处，他幽默地说，对那些总是要寻找某种用途的人来说，“唯一可以列举出来讨他们欢心的理由是，读经典总比不读好”。此处我想接着他来强调经典的重读。经典经得起反复重读，似乎永远不会耗尽；而重读也绝不是简单的重复——年少时读过的许多作品，重读时又会有许多新的发现，因为你作为一个对话者，已有了许多变化。一个善感知、有教养的主体，更能发现经典的价值；当然，也有可能，你发现一部曾令你激动不已的作品如今已失去了吸引力。这或许意味着我们的进步：我们在反对一部经典的过程中确立了自己；但也可能暗示着我们的后退——变得漠然而乏味，不再是一个合格的对话者。

至于如何读经典，没有任何捷径可走，唯一的方法就是拿起原著，一个字一个字地读进心里去。语文教师要竭力避免使自己成为这样一种人：劝学生读书，能侃侃而谈，下笔千言，自己却静不下心来读一本书。与学生一起认真阅读原著，真诚交流，是最好的语文教育。真正热爱读书的教师，将带领学生一起走进一个广阔无垠的阅读世界；而学生的少年视角、不同观点，又会给教师许多新的启发。“如切如磋，如琢如磨”，教学相长的愉快，尽在其中。教师职业，也使我的阅读自觉地多出学生视角：十多岁的少年会对这部作品有兴趣吗？他们会如何评论这部作品？什么样的作品会在他们的生命中烙下深刻印记？这个视角对阅读与教学的融合，无疑是有益的。

枕边书与床头灯

上海译文出版社出过一本英美随笔选，取书中一篇随笔名“枕边书与床头灯”为书名。这是一个足以让一切爱书人心动的好名字：劳累的一天结束，就着床头温暖的灯光，翻阅心爱的书，那种幸福，虽千金不易矣。而每位嗜书者，也都会有自己钟爱的“枕边书”。

如果一定要在浩如烟海的书籍中找出我的“枕边书”，那无疑是诗歌。我推荐一种读诗法给学生：早晨读一首小诗，临睡前再读一首，可能只需要几分钟，就可以用诗歌连缀起自己的生活，甚至让生活变成一首诗。最近，陪伴我的诗，是日本女诗人金子美铃的《向着明亮那方》。灰暗人生里，金子美铃这些充满想象力、像雪花一样晶莹美丽的童谣，时而俏皮，时而忧伤，让我回到童年，获得生命原初的力量。

床头的诗集在变，当代女诗人杜涯，波兰女诗人辛波斯卡，古老的《诗经》……不分古今，无论东西，抽取一本，随手翻开，遇见哪一首都可。遇上一首特别喜欢的，可沉吟回味许久。河北教育出版社有一套“20世纪世界诗歌译丛”，共5辑50种，等着我慢慢“遇见”。综合性的选本中，我比较偏爱的有《自由诗篇——从弥尔顿到米沃什》（花城出版社）、《水怎样开始演奏》（译林出版社）、《现代诗100首》（分红、蓝两卷，生活·读书·新知三联书店）。三联的这套选本很有特点，诗人选，诗人评，选目和评论都比理论家们更能切中诗的本质。

诗集在变，但床头灯那荧荧微光却不曾变。诗中的爱与美，也正如这荧荧微光，烛照黑夜。《巨流河》中，齐邦媛回忆吴宓曾指点她“佛曰爱如一炬之火，万火引之，其火如故”。一火燃起，引燃万炬，其火之光明，未损丝毫。诗于我来说亦然。我将对诗歌的热爱带到教学中，与学生一起读诗，一起写诗。诗歌之美，并未在分享中消减，反倒引燃了青春。

西红柿与玫瑰

说来惭愧，作为教师，我的阅读一直偏于文学，教育类的书籍却很少涉猎。这一两年，才略略多了些关注。

我和志趣相投的一些同事成立了一个读书社，有好书就互相推荐，也会定期讨论、交流。我们一起讨论过王小妮的《上课记》、黄武雄的《童年与解放》《学校在窗外》、盖托的《上学真的有用吗？》等。读书社的老师来自不同学科，年龄阅历、知识背景等都有较大差异，在教学实践中，在自己孩子的教育问题上，却有着共同的诸多困惑。讨论交流时，不同的视角、观点产生碰撞，互相启发，大家都觉得很有收获。最近，我们逐篇研读杨自伍编译的《教育：让人成为人——西方大思想家论人文与科学》，希望让康德、怀特海、罗素等先哲的理想之光照进时常让人绝望的现实。在这样的研讨中，希望能学得智慧，获得信念，一起踏踏实实做点事，积跬致远。

这两年对我影响最大的教育家，是叶圣陶和苏霍姆林斯基。他们有着共同的优点：文风平易，绝不玩弄概念，故作高深；从实践中来，回实践中去，回到常识，回到人之为人的常态、教育的原点。

我曾和一位化学老师一起读苏霍姆林斯基《给教师的建议》。有一个细节引起我们共同的兴趣：讲述“光合作用”时，苏霍姆林斯基试图寻找一个因果联系的交接点，来唤醒学生的学习热情。最后，他找到了一个最主要的交接点：无机物如何变成有机物。他用诗一样的语言描述道："在植物机体这个复杂得难以捉摸的'实验室'里，在阳光照射下，把矿物肥料这种无生命的东西，变成了西红柿甘美的肉汁，变成了玫瑰芬芳的花朵，这一切都是怎样进行的？"我从这个细节中读到的是生命的美丽与神秘，为其中的诗性甚至神性深深迷醉；而同事读到的是科学之真、探索之趣。在西红柿的甘美与玫瑰的芬芳中，人文与科学走到了一起。孩子不同领域的天赋与热情被唤醒，我甚至能想象他们亮晶晶的眼睛里燃烧的火焰。

这个细节对我的启发不限于此。在这一刻的"唤醒"之后，如何让西红柿与玫瑰持续地润泽一生？如何让火焰持久地燃烧，提供一生所需的光与热？这正是教育的根本目的，它要求我们将阅读、思考与教学实践结合起来：课堂，是永远的源头活水；而读与思，则使这活水甘美而芬芳。

温暖和百感交集的旅程

近年来，还有一类书引起我特别的关注：作家谈文学。较之学者的评论，我更偏好作家的读书随笔或创作谈。后者鲜见艰深的概念术语，表述生动形象，深入浅出；且因有写作实践，谈问题具体而切中肯綮。这类书近年来我搜集了有数十种，其中人们较熟悉的是弗吉尼亚·伍尔夫的读书随笔，此外，劳伦斯、毛姆、纳博科夫、卡尔维诺、库切、多丽丝·莱辛、阿摩司·奥兹、玛格丽特·阿特伍德、阿尔维托·曼古埃尔、余华、残雪、王安忆、阎连科、张大春等中外作家均有这类著作问世。

这类阅读，加深了我对文学作品的理解。所见略同的惊喜，让人欣然忘食，阅读成了"温暖和百感交集的旅程"。更重要的是，它们促使我拿起笔来，写下自己的阅读笔记。对我来说，这是特别有效的阅读方式：阅读时的许多疑问，常常"未晓不妨权放过"；一旦进入写作，就不能如此“不求甚解”。写作的过程，其实是梳理与推敲思维的过程：杂乱的思绪渐渐厘清，对问题的认识也渐渐深入。语言的推敲，则使表达清晰严密或准确生动，从而达到对作品的更精准的把握。读与写的结合，可大大提高阅读的有效性，进而提高阅读者的文本解读能力与语言表达能力，对语文教师来说，这两者是与学生有效对话、提高课堂效率的基础。

作为一个读者，我原本单薄贫瘠的生命，因阅读而有了丰盈厚重的可能；作为一名教师，我有机会与一群处在最纯真美好年华的少年共享阅读的愉快，并目睹阅读如何融入他们的成长，滋养他们的青春，进而成为他们生命中不可分割的部分。为此，我感激并热爱自己的命运。